樱桃
女生徒

Dazai Osamu

女生徒

[日] 太宰 治 ———— 著　李桂芳 许时嘉 ———— 译

九州出版社
JIUZHOUPRESS

目 录

皮肤与心

咦！在左乳下方，我发现了一颗像小豆豆般的脓包。仔细一瞧，那脓包周围还有几颗更小的红脓包，像喷雾般散落在周围。不过，一点都不痒。

我觉得很讨厌，便在澡堂里像要扒掉一层皮一般，很用力地用毛巾擦拭乳下，不过好像还是没有办法弄掉。我回到家，赤裸着胸坐在梳妆台前，看着镜子里自己的样子，觉得很不舒服。从公共澡堂到我家，走路不到五分钟，就在这一小段时间里，脓包的范围就从乳下扩及到腹部，像两个手掌那样大，看上去好像赤红的熟草莓。对我而言，仿佛看到了地狱里的场景，顿时天地变色。从那时候起，我不再是昔日的我，不再觉得自己像个人。所谓的晕倒，大概就是指这样的状态吧！

我一直呆坐着。

乌云悄悄地围在身旁，我已经远离这个世界。从那时候起，我只听得见微弱的声音，无时无刻不沉重地从地底下冒出来。

我凝视着镜中的裸体，像是淅沥沥地下雨般，这边、那边，到处都冒起了红色的小颗粒，颈部周围、胸口、腹部、背后，就像在绕圈子。我调整镜子，照着背部一看，天呀！雪白的背部像天女散花般，长满红色的颗粒，我不禁捂住脸。

“长了这玩意儿……”我让他看。那是六月初的事。他穿着短衬衫、短裤，一副刚结束今天工作的样子，闲坐在办公桌前吸着烟。他站起来，朝着我左看右看，皱着眉仔细地瞧，并用手指到处触摸。

“不痒吗？”他问。不痒，一点都不痒，我回答。他感到纳闷，要我站在落日余晖下，他绕着裸体的我，很仔细地察看。他对我的身子总非常地留意。虽然不擅说话，但总是真心地关心我。我清楚地了解这件事，因此即使这样站在灯光下，身子被羞耻地转来转去，一下朝西，一下朝东的，但我反而像在祷告般，心情平静沉稳，非常地安心。我轻轻地合上双眼站着，希望就这样到死都不要张开双眼。

“我不知道啊！如果是荨麻疹的话，应该是会痒啊！还是……麻疹？”

我凄凉地笑着，边穿和服边说：“大概是皮肤过敏吧！因为每次上澡堂时，我都很用力擦拭胸跟脖子。”

应该是这样吧！大概吧！他一说完，便到药局买来一管白色的黏稠药膏，沉默着用手指涂抹在我的身体上。不知不觉我的身体变凉了，心情也变得轻松了。

“应该不会传染吧！”

“别担心！”

虽然这么说，但我知道他的感伤只是对我感到同情。那同情从他的指尖传递到我的胸腹，发出痛苦的声响。他打从心底希望我能赶快康复。

以前他就非常关心我丑陋的容貌，我的脸有很多可笑的缺点，他却连这类玩笑话都未曾说过，真的一点都没有。他从不取笑我的长相，总是像晴空那样开朗，一副心无旁骛的样子。

“我觉得你很美喔！我很喜欢。”他常说这样的话，我也常常感到困惑。

我们今年三月才刚结婚。说到结婚，我实在没有办法装模作样，明明心里躁郁不安，却又故作镇定地说出口。我是很软弱、贫困、害羞的。我已经二十八岁了。这样的丑女是没有什么姻缘的。二十四五岁的时候，我还有两三个机会，但现在……总归一句，没指望了。

主要是因为我家没有钱。母亲一人再加上妹妹和我，组成的只有女性的家庭，会有什么好姻缘，根本是没有指望。这是一个欲望很深的梦，到了二十五岁，我才终于觉悟。就算一生不结婚，我也要帮助母亲，养育妹妹，以此作为我生存的价值。

妹妹和我相差七岁，今年二十一岁，她很有才能，也慢慢地不再任性，变成了好孩子。为妹妹找到一位英俊的夫婿后，我就要活出自己的路来。在那之前，我留在家中，家计、交际全都由我张罗，我一直设法保卫这个家。一旦有了这个觉悟之后，之前内心的琐碎烦恼便全都一扫而空，痛苦、寂寞也都离我远去。在做家事之余，我还会努力地练习裁缝，试着帮邻居孩子缝制些衣服。

正当我朝着自己未来的路迈进时，有人向我介绍他。由于来说媒的算是亡父的恩人，父亲的结拜兄弟，使我没有办法当时回绝。从谈话内容来看，对方只有小学毕业，没有双亲也没有兄弟，是被亡父的恩人捡到，从小照顾长大的养子。当然对方也没有什么财产，三十五岁，是个小有技术的图案工。月收入有时会超过二百日元，但有时又半点收入都没有，平均起来，一个月是七八十日元。

还有，对方并不是第一次结婚，他和喜欢的女人一起生活了六年，前年两人因某个原因分开后，他便因自己小学毕业、没有学历、也没财产、年岁又大等等原因而对结婚这事彻底地死心，准备一生不娶，简单过活，当一个单身者。对此，亡父的恩人表示，就是太随性，才会被人当成怪人，那也不太好，赶快给他讨个媳妇，我才可以稍微放心。听到这些话，那时我和母亲不禁面面相觑。

这实在不是一门好亲事。就算我是个嫁不掉的丑女，但我又没做错什么事，为什么非要和那样的人结婚不可？一开始很生气，后来又觉得很难过。除了拒绝，别无他法，可是来说媒的是亡父的恩人、结拜兄弟，母亲和我不能立刻拒绝，就在我软弱地迟疑时，突然觉得他很可怜。

他一定是个温柔的人，我也只是女校毕业，没有什么特别的学问，又没有很多的钱。父亲已去世，是个没势力的家庭。而且，看看自己，一个丑女人，算一算还是个欧巴桑，实在也没什么优点。说不定我们会是相配的夫妻。反正，我是不会幸福的。想到若拒绝会很对不起亡父的恩人，我的心情也就慢慢地趋于和缓。难为情的是，我可以感觉到自己的脸颊正微微地发热。母亲一脸担心地询问：你真的愿意吗？然而，我什么都没与母亲商量，当下就直接允诺了亡父的恩人。

婚后，我很幸福。不！应该说果然很幸福。或许以后会受到惩罚吧，因为我被照顾得无微不至。他总是很软弱，再加上曾被卑贱的女人抛弃过的缘故，更是一副唯唯诺诺的样子，实在很令人受不了，一点自信都没有，又瘦又小，长相也很寒酸。他工作很卖力，让我震惊的是他的图案，只要看上一眼就会记住。好个奇缘！当初试着去拜访他，确定婚事时，我就像是已经爱上他似的，心扑通扑通直跳。银座那家著名化妆品店的蔷薇藤蔓商标就是他设计的。不只是那个，那家化妆品店所推出的香水、肥皂、蜜粉等商标设计以及报纸广告，全都是他的图案。

听说十年前开始，就已是那家店的标志的不同颜色的蔷薇藤蔓标签、海报、平面广告全是由他一个人绘制的。现在那个蔷薇藤蔓图案，连外国人都记得，即使不知道那家店的店名，只要看到那典雅的蔷薇藤蔓，便会认出是它。

我也是自女校开始，就知道那个蔷薇藤蔓的模样。因为莫名地被那图案所吸引，离开女校后，我的化妆品，全都是使用那家化妆品店的产品，可以说是它的支持者。但我想都没想过那个蔷薇藤蔓的设计者是谁。真是迷糊，不过，不只是我，我想世上的人，想必全都只看着报上这美丽的广告，不会去想那个图案工吧！图案工，就好比抬轿者。

嫁给他之后，过了一段时间，我才注意到这件事。知道的时候我很高兴，兴奋地说："我从女校开始，就非常喜欢这个图案了。原来是你设计的啊！好高兴！我真幸福。原来早在十年以前，就已经和你有缘了。看来嫁到这边，是早就注定了。"

"别戏弄我。那是技工的工作唷！"他红着脸，似乎打从心底感到难为情，眨着眼睛，无力地笑笑，一副悲伤的神情。

他总是贬低自己，虽然我什么都没想到，但他却对学历以及再婚、贫穷等事情非常在意，一直耿耿于怀。

这样的话，像我这样的丑八怪，又该如何是好呢？夫妇两人都没有自信，局促不安，彼此的脸上都布满羞纹。

他有时会对我撒娇，至于我，由于已经是二十八岁的欧巴桑，而且长得又这么难看，再加上看到他没有自信、卑贱的样子，怎样都没办法纯真可爱地向他撒娇，尽管心里爱慕他，但我总是庄重、冷淡地回应他。于是，他更显忧郁。

我就是很明白他的感觉，才会倍感压力，与他完全相敬如宾。他似乎也很清楚我没有自信，常常会若无其事地蹩脚地称赞我的长相或和服的花纹等等，因为知道他的良苦用心，所以我一点都不高兴，胸口梗塞，难过地想哭。

他是一个好人。那卑贱女人的事，我真的都没有察觉到。托他的福，我总是忘记这个事。说到这个家，这是我们结婚后新租的房子，他之前一个人住在赤坂的公寓，应该是考虑到不想留下不好的记忆以及对我的体贴关心，他把以前同居时的家具全都清理卖掉了，只带着工作的用具，搬到筑地的这个家。然后，我从母亲那边拿了一些钱，两人一点一滴地购买家具，被褥、衣柜都是我从娘家带来的，完全没有那卑贱女人的影子，现在，我已很难相信他曾经跟我以外的女人一起生活过六年了。

说真的，如果他不那么自卑，对我凶一点，斥责我、蹂躏我的话，我也许能纯真地唱歌，尽情地向他撒娇，我们家的气氛也一定可以变得很开朗。我们两个人都自觉丑陋，不善辞令，他大概比我来得自卑。

虽说他只有小学毕业，但就学识来看，他与大学毕业的学士并无二致。说到这里，他拥有相当多的嗜好，且会在工作空档认真地阅读我从未听过的外国新小说家的作品。他还创造了那个世界性的蔷薇藤蔓图案。

尽管他常常嘲笑自身的贫穷，但那一阵子工作很多，有一百日元、二百日元等大笔钱入账。即始我们没什么钱，他还是会想要带我去伊豆的温泉。不过，他到现在仍然很在意被褥、衣柜、其他家具是拜托我母亲买来的这件事。他这样在意，反而令我觉得羞耻，好像做了什么坏事。不过都是些便宜货！我难过地想哭，看来因同情、怜悯而结婚是个错误，也许一个人生活会比较好。我曾在夜晚想着这些可怕的事，甚至脑中还想过要和更坚强的人在一起的可恶的不贞念头。我是一个坏人！

婚后第一次的美丽青春，就这样灰暗地度过了，心中的悔恨使我犹如咬到舌头般痛苦，现在真想用什么方法将它填补。

和他两人静静地吃着晚饭时，有时仍会悲伤难抑，手上拿着筷子和饭碗哭丧着脸。都怪我的欲望，长得这么丑，还指望什么青春。只是让人见笑罢了。我光是这样就已经算是分外幸福了。一定是因为这样想，一直任性，所以这次才会长了这样可怕的脓包。大概是涂药的关系，脓包不再扩张，明天说不定就会好，我暗自向神明祈祷后，便提早休息了。

我一边努力睡着一边思考，越发觉得不可思议。不管生什么病，我都不会害怕，只有对皮肤病，完全完全没办法。怎样辛苦、怎样贫穷都好，我就是不想得皮肤病。尽管我不知道缺脚缺手会不会比患皮肤病来得更严重。

在女校，生理课上教到各种皮肤病的病菌时，我感到全身发痒，很想把教科书上刊载着那个病虫、巴米虫照片的那一页撕毁。老师的神经似乎比较迟钝，不，即使是老师，也没有办法平心静气地教授。因为职务的关系，必须努力忍耐，装作一副理所当然的样子授课。我愈觉得事情是这样，就愈对老师的厚颜无耻感到万般难耐。生理课结束之后，我和朋友做了讨论。痛、搔痒、发痒，哪一个最痛苦？对于这样的议题，我断然地主张发痒是最可怕的。难道不是吗？痛苦、搔痒，自己都还会有知觉上的限度。被打、被砍或者被搔痒，当那痛苦达到极限时，人一定会失去意识。昏迷之后，便是进入梦幻的境地。会升天，可以从痛苦中美丽地解脱。就是死，应该也没什么关系吧！但是，发痒却像潮水，涨潮、退潮、涨潮、退潮，只是浅浅地缓慢地蠕动、蠢动，绝不会达到临界的顶点，所以不会昏厥，也不会死亡，只能永远痛苦地挣扎。不管怎么说，没有比发痒更难受的痛苦了。

就算是在过去的白洲受到拷问，在被砍、被打或者被搔痒的情况下，我也不会说出实情的。那个时候，我一定会昏厥，持续两三次之后，我大概就会死去。我才不会吐出实情，我会拼上烈士的性命，誓死保密。不过，如果拿来满满一竹筒的跳蚤、虱子或疥癣，说着“要把这些东西倒到你的背上”，我就会全身汗毛竖立，浑身打战叫救命，不顾烈女的身份，两手紧握着哀求对方。光是想，就厌恶地想要跳起来。当我在休息时间对朋友这么说之后，朋友们全都产生了共鸣。

有一次在老师的带领下，全班去了上野科学博物馆，但一到三楼标本室，我突然大声惨叫，哇哇大哭。笨蛋！我大叫，有股想要用棍棒把玻璃敲得粉碎的冲动。之后的三天，我辗转难眠，不知为什么好痒，食不下咽。我连菊花都讨厌。小花瓣一片一片的样子，好像某个东西。即使看到树干凹凸不平的样子，全身也会突然发痒。我无法理解能平心静气吃下香菇的人。

牡蛎壳、南瓜皮、虫吃过的叶子、芝麻、章鱼脚、虾子、蜂巢、草莓、蚂蚁、莲子、苍蝇，我全都讨厌。也讨厌标注的假名。小假名看起来像虱子，茱萸、桑果也都讨厌。看到月亮放大的照片，我也觉得恶心。即使是刺绣，触摸着图案花纹，我也会无法忍受。由于那样讨厌皮肤病，很自然地对皮肤也格外用心，到现在未曾有过长脓包的经验。结婚之后，我每天还是会到澡堂用米糠搓洗身体。一定是搓揉过头了。长出这样的脓包，实在让人觉得又悔又恨。我到底做错了什么？说到神明，它实在太过分了。竟然让我长了我最讨厌、恶心的东西，又不是没有其他的病了，像是正中红心，居然让我落进我最害怕的洞穴里，我深深地感到不可思议。

隔天早上，天刚破晓，我便起床悄悄地照着镜子，啊！我是妖怪。

这不是我的身体。

全身看起来像个坏掉的番茄，脖子、胸部、肚子上皆冒出奇丑无比、像豆子般大小的脓包。全身像是长了角，冒出香菇般的东西，脓包布满整面身体，嘻嘻嘻地在奸笑着。已经慢慢扩张到两脚的部分了。鬼！恶魔！我不是人！就这样让我死了吧！我不能哭。变成这么丑恶的样子，还抽抽噎噎地哭，不但一点都不可爱，还会像个日渐熟透的柿子，变得滑稽、凄凉、束手无策。我不能哭，要隐藏起来。他还不知道。我不想让他知道，本来就很丑陋的我，又变成这样肌肤腐烂的样子，我已经没有什么可取之处了。是纸屑？是垃圾筒？变成这样，他也没有什么词汇能安慰我了吧！我讨厌什么安慰，若还是继续宠爱这样的身体，我会轻蔑他。

讨厌！我好想就这样分手！别再宠我了！不要看我，也不要在我旁边。

啊！好想要更宽敞的房子，好想就在遥远的屋子里终此一生。如果没结婚，该有多好。如果只活到二十八岁，该有多好。十九岁的冬季患肺炎时，如果那时候没康复就那样死去该有多好。如果那时候死了的话，现在就不会遭遇到这么痛苦、这么惨不忍睹的情况。我紧闭住双眼，一动也不动地坐着，只是呼吸急促，那时候可以感觉到我的心已遭魔鬼盘踞。整个世界万籁俱寂，昨日的我已逝去。我缓慢地穿上兽皮般的和服，深深地感受到和服的美好。不管怎样可怕的身体，都能这样好好地被隐藏起来。

我打起精神，往晒衣场走去，看着刺眼的太阳，不由得深深叹了一口气。耳边传来广播体操的号令。我一个人开始悲伤地做着体操，小声地念着一、二、三，试着装作很有精神的样子。我突然觉得自己很可怜，赶紧继续做体操，觉得动作一停下来就会哭出来。不知道是不是当时激烈运动的关系，脖子和腋下的淋巴结隐隐作痛，轻轻一摸，全都肿硬起来。当我察觉后，已无法站立，像崩溃般整个人跌坐在地上。我很丑，到现在都是这样小心低调地忍耐着活到现在，为什么要欺负我，一种无与伦比的焦急愤怒地涌出，就在那时候，后面传来他温柔地嘟囔声："哎呀！原来人在这边啊！怎么样？好一点了没？"

本来想回答好一点了，但突然为他搭在我肩上的右手感到羞耻，我站起身说："回去了。"

冒出这样的话，连自己都变得不认识自己了。要做什么，要说什么，后果我自行负责。自己？宇宙？我已经全都无法相信了。

"让我看一下！"他困惑沙哑的声音听起来很悠远。

"不要！"我挪开身子，"这个地方长出一粒一粒的东西。"我两手摸着腋下说。

我放下双手，倏地哭了起来，哇哇地叫着。这么难看的二十八岁丑女，还撒娇哭泣，多么的凄惨啊！我知道这是非常丑陋的，但泪水就是不停夺眶而出，口水也流出来了，我真是一点优点都没有。

“好了，别哭了！我带你去看医生。”他的声音第一次果决地响起。

那天，他请了假，查阅了报纸的广告，准备带我去看只听过一两次名字的有名皮肤科医生。我一边更换外出的和服，一边问：

“身体一定要给人看吗？”

“是啊！”他非常高雅地微笑回答。“不要把医生当作男人唷！”我脸红了，觉得很高兴。

走到外面，阳光绚烂，我觉得自己像是一只丑陋的毛毛虫。好希望在这病康复以前，世界一直都是黑暗的深夜。

“我不想搭电车！”结婚以来我首次这么奢侈任性地说。

脓包已经扩散到手背，我曾在电车上看到有着这样恐怖的手的女人，然后我连抓电车吊环都觉得不干净，担心会被传染。对于“厄运上身”这个俗语，我当时还未能理解透彻。

“我知道了！”他以开朗的神情回答着，让我坐上轿车。

从筑地到日本桥高岛屋的医院，只要一点点时间，但在这段时间里，我有一种搭乘葬仪车的感觉，只有眼睛还活着，茫然地眺望着初夏的巷道。走在路上的男男女女，谁都不会为我长出这样的脓包感到不可思议。

到了医院，和他一起进入候诊室，这里呈现出与外面世界完全不同的风景，我突然想起很久以前在筑地小剧场[①]中看到的《深渊》[②]这部戏剧的舞台场景。尽管外面一片深绿，那样的明亮，但这里不知怎么回事，即使有阳光还是光线微暗，漂浮着凛冽的湿气。酸味扑鼻，连盲人都会想要乱窜。这边虽没有盲人，但总觉得哪里不对劲。我很讶异有很多老爷爷和老奶奶，瞬间注意到这里众多病患中，可能只有我是患有最严重的皮肤病。我惊讶地眨着眼，抬起头，偷偷地瞧着每一个病患，果然没有一个人像我这样乱长脓包的。

我从医院玄关的广告牌得知这是一家专治皮肤病和一种无法说出口的讨厌疾病的医院。坐在那边的男人看起来像个年轻俊美的演员，一副完全都没有脓包的样子，应该不是皮肤病，大概是一般的疾病。这样一想，我仿佛可以感觉到待在这候诊室，罹患疾病而垂头丧气坐着等死的人们的心情。

“你要不要去散一下步。这边很闷。”

“等会儿，好像就快轮到了。”他因为闲得发慌，一直站在我身旁。

---

① 小山内熏和土方与志以“戏剧的实验室”为由而设置的，大正十三年开始启用，上演了很多的翻译剧。小山内死后，其直属的剧团也随之分裂，此后由各个剧团租借使用，成为普罗戏剧运动的根据地。

② 马克西姆·高尔基（Maksim Gorkii）所创作的戏曲。以木制的租屋为舞台，描写贪心的丈夫、偷情的妻子、小偷、老男爵、酒精中毒的仆役、娼妇等人的模样，强烈地指出作者的人生哲学。

“嗯，轮到我大概已经中午了。这边好脏，你不要待在这边。”说出这样严厉的话，连自己也觉得讶异。他像是柔顺地接受了，慢慢地点头说：“你不一起出去吗？”

“不！我没关系。”我微笑着说，“因为我待在这边最轻松。”把他赶出候诊室后，我也有些放心，靠着长椅，像身体酸痛般合上了眼睛。

在旁人看来，我一定像是个装模作样、沉浸在愚蠢冥想中的老处女吧！但是，这样子对我最轻松。装死！想起这样的字，觉得很滑稽。不过，我开始慢慢担心起来。谁都会有秘密。像感觉到有人在我耳边小声地说着讨厌的话，我开始心神不宁。说不定，这个脓包也……一时间我汗毛竖立，发觉从我有脓包开始，他的温柔、没自信都不见了。当时我一定很滑稽，但就在那个时候，我第一次深切地发现，对他而言，我并不是第一个女人。我站也不是，坐也不是。被骗了！结婚诈骗！突然想到这样差劲的字眼，好想追到他那边打他。我真是个笨蛋。虽然一开始嫁给他就知道那件事，但现在才猛然察觉到他不是第一次，好后悔、好恨，可是不能重新再来。

他之前有过女人这件事，突然鲜明地往我的胸口袭来，真的是第一次，我开始对那个女人感到恐惧、憎恨，到现在就这么一次。之前从没想到过那女人，对于自己的安心，我遗憾地想要哭。好痛苦，这就是所谓的嫉妒吧？如果真是这样，嫉妒这东西是什么都没得救的狂乱，净是肉体的狂乱。一点都不美丽，丑陋到极点。世界上大概还有我所不知道的讨厌的地狱吧？我开始厌恶再活下去，悲惨地匆匆解开膝上的包裹，拿出小说，随便乱翻，接着就在那里开始阅读《包法利夫人》[①]。

爱玛痛苦的生活总可以安慰我。我深刻地觉得爱玛这样的沉沦，是最符合女人的最自然的方式。就像水往低处流，身体会衰老般的自然。女人，就是这样的东西。有着不可告人的秘密，因为，那是女人与生俱来的能力，一定会守着一个个泥沼，这是很清楚的一件事。因为，对女人而言，每一天就是她的全部。和男人不同，她不会考虑死亡之后的事，也不会思索。只愿完成每一刻的美丽，溺爱着生活及生活的感触。

女人之所以会珍爱茶碗、收藏漂亮花纹的和服，就是因为只有那些东西才是真正的生存价值。每一刻的行动，都是活在当下的目的。此外，还需要什么呢？高深的现实，完全地抑止住女人的悖德与超然，若能让这些渴望直率地表现出来自自我与身体，不知道会有多轻松，但对于心中女人这个深不可测的“恶魔”，每个人都不愿碰触，装作没看到，正因如此，发生了许多的悲剧。也许只有高深的现实才能真正

① 福楼拜所创作的小说。乡下医生的妻子爱玛·鲁奥因无法满足于没有涵养的丈夫包法利，与乡下风流贵族鲁道夫有染。后来她也与之前所抛弃的昔日情人雷恩发生关系，最后服砒霜自杀。

地拯救我们。

老实说，女人的心在结婚第二天就可以平静地想着其他男人了。绝不能忽视人心！男女七岁有别，这个古谚语突然以可怕的真实感撞击我的心。猛然发现伦理这东西竟是如此写实，令我震惊地几乎快要晕眩。原来大家什么事都知道。

自古以来，泥沼就明确地存在，这么一想之后，心情反而变得有些轻松，愉快地感到安心，即使全身长满了这样丑陋的脓包，我还是一个有情欲的欧巴桑。

抱持着这份余裕，我开始有了悯笑自己的心情，继续阅读书本。现在是鲁道夫轻轻地抚摸着爱玛的身体，喃喃地说着甜蜜的话语，我边读边想着完全不同的妙事，不加思索地笑了起来。爱玛如果这时长出脓包，那会变成怎样呢？我冒出这样奇怪的幻想，不！这是个很重要的想法喔！我开始认真思考。爱玛一定会拒绝鲁道夫的诱惑。然后，爱玛的生命会变得完全不同。没错！她一定会自始至终一直拒绝。因为除此之外，别无他法。这样一来，这就不会是悲剧。

女人的命运会被当时的发型、和服花纹、睡姿，还有一些身体细微状况所决定，曾经还发生过保姆在瞌睡中掐死背后吵闹孩子的事件。尤其是这样的脓包，我不知道它会怎样扭转女人的命运，扭曲浪漫。

若在结婚典礼的前晚，出乎意料地长出这样的脓包，想都没想就扩及胸部、四肢，那该怎么办？我觉得这是有可能发生的事。只有脓包，真的是用一般努力也无法预防，只能一切顺其天意。我觉得这是上天的恶意。

在横滨的码头，忐忑不安地等着迎接五年不见的丈夫回来，看着看着在脸上重要的位置竟冒出了紫色的囊肿，触摸之下，这个欢愉的年轻夫人已经变成丑陋的岩石。有可能会有这样的悲剧，男人可能会对脓包不以为意，但女人却是用肌肤来生活的动物。对这事表示不介意的女人是骗人的。我不太了解福楼拜，感觉上他像是个心思细密的写实主义者。

当夏鲁要亲吻爱玛的肩膀时，（不要！衣服会皱……）爱玛表示拒绝。既然有这么细腻精密的描写，为什么没有描述女人对于皮肤病的痛苦呢？对于男人，这大概是无法充分了解的痛苦吧！也许，福楼拜这个人已完全看透，但由于这太污秽，一点都不浪漫，所以装作不知道，对这事敬而远之吧！不过，说到敬而远之，这实在太狡猾、太狡猾了！结婚的前一晚，或是与五年不见思念的人重逢之际，没想到竟长出丑陋的脓包，如果是我，我宁愿死或离开家堕落、自杀。因为女人是为一瞬间的美丽欢愉而活的，不管明天会变成如何……

门轻轻地打开，他露出像栗鼠般的小脸，用眼神询问我：还没到吗？我对着莲叶，轻轻地挥一挥手。

“喂！”听到自己粗俗尖锐的声音，我缩起肩膀，尽可能压低声音继续地说，“喂！当我想到明天会变成怎样也无所谓时，你不觉得我很有女人味？”

“你在说什么？”看到他张皇失措的样子，我笑了起来。

“我不善言辞，所以你才听不懂。没关系，我坐在这边的时候，突然觉得人很奇怪。觉得不能继续活在这样的深渊里，我很软弱，很容易就被周围的空气影响、驯服。我已变得粗俗了！我的心渐渐低俗、堕落，就像……算了。”话说到一半，我突然噤口不出声。我想说卖春妇！这是女人永远无法说出口的话，女人毕生一定会有一次为它烦恼的话。在失去自信时，女人一定会想到它。我逐渐了解到，在长出这样脓包之后，我的心已变成魔鬼了。虽然截至今日，我一直借着说丑女、丑女，来伪装我的完全没自信，但我却只对自己的皮肤，只有它，是小心呵护着的，因为我知道那是我唯一的骄傲。我自负的谦让、谨慎、顺从都是捏造的假装，事实上，我是个单凭知觉、感触而喜忧，像个盲人般在生活的可怜女人，不管知觉、感触是多么敏锐，但那还是属于动物的本能，与睿智一点关系都没有。我清楚地明白自己实在是个愚蠢的白痴。

我错了！本来把自身的知觉想成是高尚的东西，将它误以为聪明，悄悄地宠爱自己。结果，我是个愚昧的笨女人。

“我想了很多，我是笨蛋。我打从心底疯了。”

“别太勉强，我明白。”他像是真的明白一样，以充满智慧的笑脸回答，“喂，轮到我们了。”

我被护士招去，进入诊疗室，解开腰带，然后露出肌肤，看着自己的乳房，我看到了石榴，比起眼前坐着的医师，站在后面观看的护士，更让我倍觉痛苦。我想医师是不会有人的感觉的。我连他的长相都已经记不清楚。医师也没有把我当作人看待，到处摸弄。

“是食物过敏。是吃了什么不好的东西吗？”医师以平静的语调这么说。

“会康复吗？”他替我问。

“会康复。”

我像呆坐在别的房子里一般听着。

“一个人抽抽噎噎地哭着很讨厌，实在看不下去了。”

“很快就会康复了。要打针喔！”医师站起身。

“是普通的病吗？”他问。

“是的。”

打完针，我们离开医院。

“手这边已经康复了。”在阳光下，我伸出双手，眺望着。

“高兴吗？”被他这么一问，我突然感到很难为情。

蟋蟀

我要和你分手。

你净说些谎话。也许我也有不对的地方，但是，我就是不知道自己哪里不对。我已经二十四岁，到了这个年纪，就算哪里不对，我也已经无力改变了。若不能像耶稣那样死了一回又再复活的话，我根本无法改变。我知道自杀是最深的罪恶，所以我愿把与你分手，视为我正确的抉择，暂时试着努力生存下去。我觉得你很可怕。在这世上，说不定你的生存方式是正确的，但是，我就是无法那样地活下去。

自我嫁给你至今已五年了，在十九岁春天的相亲之后，我马上就独自跑到你身边。弟弟那时才刚进大学，他还曾一副不以为然的样子，老成地说："姐姐，你没问题吗？"大概是因为不喜欢你，所以到今天他还是保持沉默。当时，我还有其他两门亲事。我的记忆逐渐模糊了，只记得其中一个好像是刚从帝大法科毕业的少爷，听他说好像希望当个外交官什么的。我看过照片，一张乐天爽朗的脸，他是我池袋的大姐介绍的；另一人在父亲的公司里工作，是名年近三十岁的技师。那毕竟是五年前的事了，有些记不清楚，听说好像是一个大家族的长男，为人很可靠的样子。他很得父亲的赏识，父亲母亲都很热烈地支持他，印象中我没有看过他的照片。这些事没什么大不了的，但如果因此被你嘲笑，我还是会觉得很不是滋味。我只是想清楚告诉你我所记得的事情而已。告诉你这些事绝不是因为讨厌你，请你相信，我觉得很困扰。

我从未想过早知道当初就嫁到其他的好人家就好了这种不贞、愚蠢的事情。你以外的人我都不予考虑。如果你还是以一贯的态度来取笑我的话，我会感到很难过的。我是很认真地在对你说，请你听到最后。那个时候，就连现在我也完全不想跟你以外的人结婚，这是很清楚的一件事。我从小就很讨厌磨磨蹭蹭，那时，父亲、母亲，还有池袋的大姐跟我说了很多话，总之就是要我去相亲。对我而言，相亲跟贺词是一样的东西，无法轻而易举地回答。我完全不想和那样的人结婚。如果真如大家所言，对方是一个无可挑剔的人的话，就算没有我，也应该会有很多其他的好女孩注意吧？可是为何没什么竞争者呢？我要找一个在世界上（一提到这个，你马上就要笑我了）除了我，就没有人愿意嫁给他的人，我是这么幻想着。

刚好那个时候，你那边就发生了那件事。由于表现得相当不礼貌，父亲母亲一开始就很不高兴。那个古董商但马先生跑到父亲的公司来卖画，在客套的寒暄后，他对我说了一些不够庄重的玩笑话："这幅画的作者日后一定会成名。觉得怎样，小姐？"父亲没怎么放在心上，只暂时买了一幅画挂在公司会客室的墙壁上。两三天之后，但马先生又再次来访，这次他很认真地提出了相亲的请求。"实在太无理了。担任使者的但马先生是但马先生，那个拜托但马先生的男子是那个男子。"父亲母亲都感到很讶异。之后我曾向你询问这件事，见你全然不知情的样子，我才知道这一切都是但马先生豪气干云的个人想法。

你实在是受到但马先生很多的照顾。现在你的成名，也是但马先生的功劳，他对你真是义无反顾。也许这是因为他看出你的能力之故，今后你绝不能忘记但马先生。

那个时候，我听到但马先生鲁莽的请求，虽然感到有点吃惊，但却莫名地好想见你，不知道为什么，我那时非常高兴。有一天我偷偷地到父亲的公司看你的画，我大概提过当时的事了，我装作有事要找父亲的样子，走进会客室，一个人仔细地观看你的画。那一天非常寒冷。在没有暖气的宽广的会客室一角，我边打战边站着看着你的画。

画里有个小庭院和迎着阳光的美丽走廊，走廊上没有人，只放了一床白色的被褥，是一幅只有青色、黄色和白色的画。观看时，我几乎无法站立地全身发抖，我想，这幅画大概除了我以外应该没有人看得懂吧！我是很认真地说的，不要取笑我。我看了那幅画两三天之后，不论晚上或白天，我的身体都在不停地颤抖。我想不管怎样都一定要嫁给你，这样轻佻，让我羞耻地觉得全身仿佛就要燃烧起来，于是我向母亲表达我的希望。可是，母亲却一脸不以为然。我当下便有所觉悟，不死心地直接回应但马先生。“伟大！”但马先生大声地说着站起身，弄翻了椅子。不过，那个时候，我和但马先生却一点都笑不出来。后来的事情，你应该也很清楚。我的家族对你的评价每况愈下。

你抛下双亲从濑户内海奔到东京来，除了你的双亲，连你的亲戚也都对你感到厌恶。还有喝酒的事、一次也没提出作品展览、倾向左翼、是否真的毕业于美术学校等很多奇怪的事，我的父母一一告诉我这些不知道从哪里调查来的事实，并且斥责我。可是，在但马先生的热心推动之下，我们还是终于见了面。

我和母亲一起走进千疋屋，你正是我所想象的样子，那时我还很感动你白衬衫的袖口是洁白的。当我端起红茶的盘子时，因为紧张而颤抖不停，使得汤匙在盘子上叮叮作响，为此我还感到非常难为情。回家之后母亲更加数落你的不是，说你只顾吸烟，完全不与母亲交谈，态度非常不对，甚至还不断地提到你的相貌差劲。这都是没有看清你本人的缘故。不过，那时我已经决定要跟随你了。

通过与父母恳谈和使性子，我终于获得了胜利。和但马先生商量过后，我几乎是一个人嫁到你家里去。住在淀桥公寓的那两年，是我最快乐的日子。

每一天，胸口都满满地塞着明天的计划。你完全不在意展览会、名家的姓名，始终一直随意地作画。随着生活日趋贫困，我反而有一种奇怪的喜悦，对于当铺、旧书店，都有一种像是故乡般的怀旧情怀。

即使是在一毛钱也没有的时候，我也会试着用自己所有的力量，全力去想办法。没有用钱煮出的一顿饭，是很快乐、美味的。那时我一次又一次地发明好的料理，不是吗？但现在，我却办不到了，想到需要什么东西都可以买得到，我就不再有任何幻想。即使去逛市场，我也觉得很空虚，只买一些跟其他太太一样的东西回来。

你突然变得伟大了，从淀桥的公寓迁升到三鹰町的家之后，我就不再有快乐的事。再也没有我可以大展身手的空间。你突然变得善于辞令，虽然对我是照顾有加，但我却总觉得自己好像是一只被饲养的猫，一直深感困扰。我没有想到你会在这世上成名，一直以为你会是个到死都还很贫穷，只会随意作画，受尽世人嘲笑，却平静地不向任何人低头，偶尔啜饮着酒，不沾世俗，就此度过一生的人。我是一个笨蛋吗？但是，世上应该会有这样的完美之人吧！我到现在一直都这么相信着。

因为没有人看得见那人额头上的月桂树冠，所以他一定会受尽委屈，而且也没人肯嫁给他、照顾他，因此我愿走向他，一生随侍在他身旁，我觉得你就是那个天使，除了我，没有人能了解你。唉，你觉得这想法怎样？但没想到你竟然一夕成名，叫我该怎么说呢？我好生苦恼。

我不是憎恨你的成名。知道你那具有神秘力量的悲伤画作日益受到众人喜爱时，我每晚都向神明致谢，那是一种想哭的喜悦。住在淀桥公寓的那两年，当你心情高兴时，你会画自己喜欢的公寓内院、画深夜新宿的街头。当我们没有任何钱时，但马先生会来到家里，用足够的钱来交换二三幅图画。那个时候，你对于但马先生把画带走的事情，总是显得非常落寞。一副完全不关心钱的事情。但马先生每次来都会悄悄地把我叫到走廊，像是已经决定好似的，认真地说着请笑纳，然后向我鞠躬，把白色的四角信封塞进我的腰带里。

你总是一副不知情的样子，而我也不会做出那种立刻察看信封内容的卑贱动作。我真的从来都不希望你看重钱，变得有名。我以为像你这样不善言辞的粗暴的人（对不起），不但不会有钱，更不会成名。然而，这些都只是外表而已。为什么？为什么？

从但马先生前来商量开个人画展的事情开始，你就突然变得很爱漂亮。

首先是去看牙医。你有很多的蛀牙，一笑起来就像个老头，你过去丝毫不以为意，就算我劝你去看牙医，你还是会半开玩笑地说："不用了，牙齿全部拔掉，换上假牙，一口亮晶晶的金牙，让女人给爱上就麻烦了。"本来你一直都不愿去处理牙齿，不知道吹了什么风，近来在工作的空档之余你竟拨空出去，然后带着两颗闪闪的金牙回来。

“喂！笑给我看。”我一说，你长满胡髭的脸马上变得通红，很难得地用一种羞怯的语调直嚷着说：“都是但马那家伙一直啰唆煽动的关系。”你的个人画展在我到淀桥后的第二年秋天召开。我很高兴。但想到你的画将被很多人喜爱，不知道为什么，我又无法高兴起来。我应该是有先见之明吧！没想到，你的画在报纸上受到热烈的好评，展出的画，听说全部卖完，甚至连有名的画家也写信过来。这一切实在太好了，好到让我觉得可怕。

“到会场来看！”尽管你和但马先生都那么热烈地对我说，但我还是浑身颤抖，一直留在房间做些编织的工作。我一想到你那些画，二十幅、三十幅整齐地并列，然后被很多人观看，我就会想哭。这样的幸运，来得这么快，之后一定会有不好的事情发生。我每天晚上都向神明道歉，并向神明祈祷：“幸福已经这么多了，之后请保佑他不要生病、不要有什么坏事发生。”

你每晚都被但马先生约到各名家那边拜访，有时到隔天早上才回来。尽管我没多想，但你还是会详细地告诉我前一晚上的事情，哪个老师为人怎样、是个蠢蛋……完全不像沉默的你，净说些很无聊的东西。我跟你生活了两年，以前从没听你谈论别人的是非，什么老师，怎么样，过去你不都是一副唯我独尊，对什么都漠不关心的样子吗？

还有，就算你希望借着这样的谈论能让我知道你没有不可告人的事情，但也请你不要心虚地兜着圈子辩解。我又不是一切无知地活到现在，明明白白地告诉我所有事情，就算一整天都会因此而感到痛苦，但之后我反而会觉得轻松。反正我一辈子皆为人妻，我不会因那些事就不信任男人或者胡乱猜忌。就算有了那些事，我也一点都不担心，说不定还会笑着忍耐，毕竟往后还会有其他更辛苦的事情。

我们突然变成有钱人了。你变得非常忙碌，还被邀请至二科会，成为会员。你开始对住在公寓的小房间里感到可耻，但马先生也不断地劝你搬家："住在这样的公寓里，如何博得世人的信用？之前画作的价值也一直不会上涨的。不如再加把劲租个大屋子吧！"他向你提供一些讨厌的计策，你居然也颇感认同地说着"的确如此，住在这样的公寓里，人都会变傻"这些低俗的话。我感到相当震惊，也觉得非常寂寞。但马先生各方奔走，最后找到三鹰町这个房子。

年底我们带着些许家具搬到这个讨厌的大房子里。你在我不知情之下到百货公司买了很多漂亮的用具，每当那些东西一次次地从百货公司送来时，我都会哽咽难言，感到分外悲伤。我要对你说声很抱歉，因为我一直在努力地故作高兴，表现出兴奋不已的样子。不知何时，我已经变成那种讨人厌的"太太"。你甚至还说要请个女管家来。但这件事我很不满，彻底反对，因为我实在没有办法使唤人。

搬过来之后，你马上就印制了三百张贺卡以及搬家通知。三百张！

什么时候有了这么多朋友？我觉得你正行在走非常危险的钢索上，让我感到非常害怕。我想，之后一定会有不好的事情发生。你那样庸俗地交际，是不会成功的。我这么想着，心惊胆战地度过每一天。可是你非但没有跌倒，还不断地遇到好事。难道我弄错了吗？

我母亲也抽空来拜访这个家。每次她都带着我的衣服和储金簿来，一副心情很好的样子。以前父亲很讨厌会客室的画，把它放置在公司的仓库里，现在，父亲已经把画带回家，还换了高级画框，挂在自己书房里。池袋的大姐后来也写信来说请多照顾。

客人一下子变得很多，客厅常常是高朋满座。那个时候，你爽朗的笑声，我在厨房都可以听见。你真的变得爱说话了，以前那样沉默，我一直以为你什么都明白，只因为觉得全都很无聊，所以才保持沉默的。可是，事情好像不是这样。你在客人面前净说些无聊的事。你把前几天才刚从别的客人那边听到的画论全部照抄，当作自己的意见装腔作势地发表。我只对你说关于我看完小说之后的感想，翌日，你对客人说："那个莫泊桑，我可是对他又敬又畏呢！"你居然把我的愚论一字不改地告诉大家！每当我端着茶准备到客厅时，常会因太过羞耻而无法站立。

啊！原来你以前什么都不知道。对不起！虽然我什么都不知道，但我还会谨守自己的言论，可是你却完全没有保持缄默，净是模仿别人所说的话。尽管这样，你还是不可思议地获得了成功。

今年二科画获得报社的奖赏，该报更是用一连串可耻到了极点的赞词来形容。孤傲、清贫、思索、祈祷、夏凡纳[①]等各式各样的赞语。后来与客人谈论到报纸的报道，只见你平静地说：“有些部分，确是如此。”唉！你在说什么啊？我们并不清贫，看看储金簿！自从你搬到这个屋子后，像变了个人似的，一直把钱的事挂在嘴边，如果有客人来求画，则脸不红气不喘地提到价格。你对客人说，先把价格谈好，之后不会有争执，这样对彼此的心情都好。我偶然间听到这话，又觉得不舒服。为什么要常常在意钱的事呢？我觉得只要能画出好的作品，生活自然过得去。我已经失去那种做一份好工作，然后过着贫困谨慎的生活的那种快乐。我一点都不想要钱。

我怀有强烈的自尊心，好希望自己能够平淡过活。你甚至还察看我的钱包，一有钱入账时，你会把一部分钱放进你的大钱包和我的小钱包里。你的钱包里有五张大纸币，而我的钱包里则放了一张折了四折的大纸币。你把剩下的钱都存放在邮局与银行里。我总是站在旁边看着。有时我忘记将放有储金簿的书架抽屉上锁，被你发现了，会很不高兴地说教、向我抱怨，这使我相当泄气。

你去画廊收钱时，通常三天左右才会回来。即使如此，你还会在深夜喝醉酒，啷啷地开着玄关的门，一进门就说“喂！还剩下三百日元

① 法国画家。创作了很多以沉静色调的宗教诗为主题的壁画，存于法国各地。油画中以《贫穷的渔夫》最为有名。

喔！数数看！”等等伤感的话。那是你的钱，你用了多少我不是都该觉得没关系吗？我知道你偶尔心情好时，会想花大钱。你大概是以为如果全部用完，我可能会感到失望吧！我明白钱的好处，但我没办法老是考虑着钱的事情过活。你那种只剩下三百日元，扬扬得意地回来的心情，让我感到非常寂寞。我一点都不想要钱，什么都不想买、不想吃、不想看。家中的用具，我多会废物再运用，和服也重新染过、修补，一件新的都没有买。不管什么事我都身体力行，一个手巾架也不想买新的，因为那样很浪费。你常常带我到市区吃昂贵的中国料理，可是我一点都不觉得好吃。不知道为什么，我的心情就是无法安定，总是提心吊胆地，觉得好奢侈、好浪费。比起三百日元、中国料理，你不知道在这屋里的院子做一个丝瓜架会让我多么高兴啊！八叠大的走廊上，夕照十分耀眼，如果能在外面做一个丝瓜棚，一定很合适。你对我说："既然你那么渴望，不如请个园丁来架吧！"你不愿自己做。我不喜欢请园丁，装作有钱人的样子，我要你来做，你直说："好，好，明年做。"可是一直到今天，你都没有付诸实行。

你在自己的事情上浪费很多无聊的时间，却对别人的事，顶着一副什么都不知道的表情。有一天，你的朋友雨宫为太太的生病感到烦恼，前来找你商量。你特地把我叫到客厅一脸认真地问我："家中现在有钱吗？"我觉得滑稽、愚蠢，一时之间不知该如何是好。当我红着脸，支支吾吾时，你像嘲弄般对我说道："不要把钱藏起来，到处找找，应该可以有个二十日元左右吧？”我感到非常震惊，试着重新再看一次你的脸。你用手移开我的视线，直嚷着：“好啦！借给我啦！别再小里小气了。”

接着你又对雨宫笑着说：“彼此彼此，这种时候，贫穷是很辛苦的。”我整个人呆住，什么话都不想多说。你一点都不穷。

至于什么忧愁，现在的你哪里有那种美丽的影子？你根本是忧愁的反面，一个任性的乐天派。你不是每天早晨，都会在洗脸台高声唱着“嘿咻嘿咻”吗？我在附近觉得羞耻得不得了。什么孤傲！难道没注意到自己只能活在随从的包围中吗？被来到家中的客人们尊称老师，单方面批评某人的画，然后表示大概没有人的画更加糟糕。但我觉得就算真的如此，也不需要那样批评一个人，征询客人的同意以此取悦客人。你只想要在那边获得客人的认同而已，哪有什么孤傲？其实，就算无法让每个客人心悦诚服，也没什么大不了的，不是吗？你真是一个大骗子。想到去年你退出二科会，组成一个新浪漫派团体，你可知道我一个人感到多么悲伤？你在暗处那样地嘲笑着，声称召集的全是笨蛋伙伴，成立了那个团体。你似乎没有定见，在这个世上，也许你的生活方式才是正确的。

葛西在的时候，你们两人说着雨宫的坏话，一副愤慨、嘲笑的样子。雨宫来的时候，又对雨宫非常客气，然后几乎用令人无法想象的态度，感激地说着只有你才是我的朋友之类的谎话。接着这次又开始数落葛西的态度……

所谓的成功者，难道都靠做着像你这样的事而生存吗？单凭这样，就可以平顺地活下去吗？我非常害怕与不可思议。一定会有什么不好的事发生！发生也好，为了你，为了神的存在，我在心中某处一直祈祷着会有什么不好的事情发生。然而坏事一件也没有发生，真的一件也没有发生，依然继续发生着好事。你的团体所举办的第一回展览获得非常好的评价。你那幅菊花的画，被客人们指为心境澄静、馥郁地飘着高洁爱情的芬芳。为什么会变成这样呢？我感到非常不可思议。

今年新年时，你带我到一向最热心支持你画作的冈井老师家拜年。尽管老师是那么知名的大家，住的却是比我们家还小的地方。单凭这点，我就觉得他是一个行家。

冈井老师胖嘟嘟地，有种稳重如山的感觉。他盘腿而坐，透过眼镜仔细打量我。他的大眼睛，真的是一双很孤傲的眼睛，我就像第一次在父亲公司的会客室里看到你的画那样，身体不停地微微打战。老师不拘小节地净谈些简单的事情，他看着我，开玩笑地说："真是个好太太，感觉像是武家的出身。""哈！她的母亲是个士族。"你认真地夸耀着。我直冒冷汗，我的母亲哪是什么士族！我的父亲母亲都是普通的平民。以后你大概还会骗人说我的母亲是华族吧！真是可怕的事。没想到连老师那样的人都没有识破你所有的谎言。难道世界上尽是像你这样的人？

老师说你这阵子的工作很辛苦，要多休息。我想到你每天早上唱着“嘿咻嘿咻”的样子，不知道为什么，我觉得好可笑，差点忍不住就笑出声来。离开老师家，没走多久，你就踢着沙子骂道：“啐！净对女人甜言蜜语的家伙。”我吓了一跳，你好卑劣。刚才还在老师面前打躬作揖，现在马上说出这样的坏话，真是一个疯子。

从那个时候开始，我就想要和你分手。而且，我再也无法忍耐下去了。你绝对是错误的。我想，如果能发生一件灾祸就好了。然而，一件坏事都没有发生。你似乎已忘记但马先生过去的恩情，还对朋友说：“但马那个笨蛋，现在还来这边。”但马先生似乎也知道，于是常笑着说：“但马这笨蛋又来了！”然后又若无其事地从厨房口上来。对于你们的事情，我已经不太了解。人的尊严，到底去哪里？我要和你分手，我觉得你们勾结在一起嘲弄我。

前几天你在广播中表述新浪漫派的时代意义，我在茶室看晚报时，突然听到你的名字被播报，接着就听到你的声音。对我来说，那仿佛是别人的声音。多肮脏污浊的声音啊！让我觉得像是个讨厌的人，我可以清楚地从过去开始彻底地批判你这个男人，你只是普通人，然后一步步地顺利功成名就。真无聊！一听到“我今日所拥有的……”我就把收音机给关掉了。你究竟累积了什么？请好好地反省吧！不要再说一些“我今日所拥有的……”这种可怕而愚昧的话。啊！如果你赶快跌倒就好了。

那天晚上我很早就休息了。关上电灯，一个人平躺睡觉，在我的背后，有只蟋蟀在拼命地叫着。它在走廊下叫着，但刚好位于我背部正下方，感觉好像在我的脊椎里窸窸窣窣地叫着。我愿把这个小小的、幽幽的声音存放在我脊椎里，一生都不会忘记地继续活下去。我想，在这世界里，你应该没错，错的反倒是我。可是我到底是哪里？怎样不对呢？我真的不知道。

等待

每天我都会在省线的小车站里等人，等一个完全不认识的人。

从市场买完东西回家途中，我总会路过车站，坐在冰冷的长椅上，将菜篮放在膝上，茫然地望着检票口。每当往返的电车到达月台，就会有很多人从电车口涌出，蜂拥至检票口。大家一脸愤怒地出示证件、缴交车票，然后目不斜视地走出长椅前的车站广场，朝各自的方向离去。

我茫然地坐着："说不定，这时会有个人笑着喊着我。喔！好可怕啊！伤脑筋！"于是胸口心跳加速。光想一想就已经像背后被泼了冷水般浑身战栗，难以呼吸。不过，我真的是在等待某个人。只是我每天坐在这边，究竟是在等谁呢？在等一个怎么样的人呢？或许我等的并不是人。我很讨厌人。不！应该是说我很害怕人。只要与人见面，一说出"近来可好？""天气变冷了！"之类的问候，不知道为什么，就会痛苦地觉得自己像个世上仅有的骗子，好想就此死去。最后，对方也对我戒慎恐惧地进行不痛不痒的寒暄，说些净是谎言的感想。一听到这些，不但会因对方吝于关心而感到伤悲，自己也越来越讨厌这个世界。世人，难道就是彼此这样呆板的招呼、虚伪的关怀，到双方都精疲力竭为止，就此度过一生吗？

我讨厌与人见面。只要没什么特别的大事，我决不会去朋友那边玩。待在家里，和母亲两人安静地缝纫是最轻松的事。可是，随着大战逐渐开始，四周气氛变得非常紧张，我便感觉每天待在家里发呆是件很不对的事。我莫名地感到不安，心情完全无法安定，有种想鞠躬尽瘁、立刻贡献心力的心情。我对当下的生活，已失去了自信。

虽然知道不能沉默地坐在家中，但自己又没什么地方可去。因此，买完东西后，在回家的路上，就会顺道经过车站，一个人茫然地坐在车站冰冷的长椅上。“说不定会有哪个人出现！”我期待着。“啊！如果真的出现的话，那就麻烦了。到时候我该怎么做呢？”顿时，我又感到一阵恐慌。不过，出现了也没办法，只好向那人献上我的生命了。一种船到桥头自然直、近乎放弃的觉悟，与其他千奇百怪的幻想纠缠在一起，使得我胸口梗塞，有种将要窒息的感觉。

我仿佛在做一个连生死都不知道的白日梦，内心有种不真实的感觉，好像将望远镜倒过来看一样，车站前往来的人群，都变得好小好遥远，世界也变得好渺小。

啊！我究竟在等待什么？说不定我是个非常淫乱的女人。大战开始后，莫名地不安，说什么想要鞠躬尽瘁、贡献心力，这些根本就是谎言。说这些冠冕堂皇的话，其实只是在巴望着有什么好机会能实现自己轻率的空想。尽管这样坐在这边，做出一脸茫然的表情，但我仍可以感觉到胸中那个诡异的计划正在熊熊燃烧着。

到底我在等谁？我脑海中没有具体的形象，只有一团迷雾。不过，我仍在等待。从大战开始以来，我每天都会在购物结束后来到车站，坐在这冰冷的长椅上等待。也许，会有一个人笑着叫我。喔！好可怕啊！伤脑筋，我等的人不是你。到底我在等谁呢？老公？不对！恋人？不是。朋友？我讨厌朋友。金钱？也许。亡灵？喔！我可不喜欢亡灵。

是更温和、开朗、鲜丽的东西？我不知道那是指什么。比方说像春天那样的东西吗？不，不对。绿叶、五月、流过麦田的清流？当然不对。啊！不过我还是要继续地等，等待着那能让我振奋的东西。

人们成群结队地从我眼前通过。那不是！这也不是！我抱着菜篮，微微颤抖但专心地等待。请不要忘记我，请不要嘲笑每天到车站去等待，然后空虚返家的二十岁姑娘。无论如何请牢牢地记住，我不会特意说出这个小车站的名字，就算我不告诉你，但有一天你也一定会发现我的。

阿三

一

他像是失了魂般，一声不响地从玄关出去。

我在厨房清理晚饭的餐盘时，隐隐地察觉到身后的动静。霎时宛如摔破盘子般的寂寞猛然袭上心头，我不知不觉地叹了口气。微微地探起身，试着从厨房窗口往外看，外子正穿着褪色的白浴衣，身上绑着细细的腰带，一个人轻飘飘地、宛如幽灵般走在夏夜的南瓜藤蔓的篱笆小路上。他实在不像个活在世上的人，背影看起来很落寞悲伤。

“爸爸呢？”

在院子里玩完的七岁长女用厨房口的桶子洗着脚随口向我问道。这个孩子崇拜父亲更甚于母亲，每晚都会和父亲在六叠大的房间里同盖一条棉被，一起睡觉。

“去寺庙了。”我随口说出一个普通的回答。

可是说了之后，又突然觉得好像说了什么不吉利的事，全身感到不寒而栗。

“去寺庙？为什么？”

“盂兰盆节不是到了吗？所以，爸爸他去寺庙参拜。”谎言不可思议地一个接着一个脱口而出。

不过那天真的是十三日盂兰盆节，别的女孩都穿着漂亮的和服从家里出来，得意地摆动和服的长袖子玩。可是我们家的孩子，却因好的和服都在战争中给烧掉了，所以即使是盂兰盆节，也得穿着平常的旧洋装。

“是吗？会很快回来吗？”

“唔，我不知道。如果雅子乖一点的话，说不定会早点回来。”尽管我嘴上这么说，但看样子，他今晚应该也会在外面过夜。

雅子离开厨房，然后跑到三叠大的房间，在房间窗口边寂寞地坐着，眺望外面。

“妈妈，雅子的豆子开花了。”听到她嘟喃地这么说，我心痛地噙着眼泪回应：“哪一个？哪一个？啊！真的。之后会结出很多豆子喔！”

玄关旁有块十坪大小的田地，以前我会到那边种些菜，但自从生了三个孩子之后，我便无暇顾及田地。外子以前还常会帮我做些田地里的工作，但最近他不再顾及家里的事了。邻家的田地被她先生整理得非常漂亮，种了各式各样的菜。我们家的田地与之相比，实在非常逊色，里面杂草丛生。

雅子将一颗配给的豆子埋在土里灌溉，没想到它后来竟然也发了芽。对于什么玩具都没有的雅子而言，这豆子便成了唯一令她骄傲的财产，即使去邻居家玩，她也会不嫌累地一直吹说着我家的豆子、我家的豆子。

落魄！寂寥！不，目前的日本，并不只有我们是这样，尤其是住在东京的人们，每一个人看上去都是一副无精打采、失魂落魄的样子，很吃力地在街上慢慢游走着。虽然我们所有的东西都被烧毁，面对世事可感觉到自身的落魄，但现在最让我感到痛苦的，是当个饱受生活困苦，甚至被生活压迫的人妻。那实在是一件非常辛苦的事。

我的丈夫在神田一家有名的杂志社工作了近十年。八年前我们平凡地相亲结婚，从那时候开始，在东京就越来越难找到可以租住的房子。后来我们终于在中央线旁的郊区，找到这栋位于田里看似独立的小租屋，一直到大战争爆发我们都是住在这边。

外子的身子很虚弱，因此避开了召集与征用，每天安稳地到杂志社上班。可是当战争变得激烈之后，托我们住的这个郊区路上一家飞机制造工厂之福，家附近接二连三地被空投炸弹。终于在一天夜里，一个炸弹落到院子的竹林中，厨房、厕所以及三叠大的房间全都被炸得惨不忍睹。由于一家四口（当时除了雅子，长男义太郎也已出生）已无法再继续住在那间半坏的房子里，我便带着两个孩子，逃到娘家青森市，外子一个人睡在家中半坏的六叠大的房间里，继续到杂志社上班。

不过，我们逃到青森市不到四个月，青森市就发生了空袭。千辛万苦带到青森市的行李全都被大火烧毁，我们只得穿着能穿的衣服，狼狈地投奔到尚留在青森市的朋友家。这一切令人仿佛在地狱中。这样悲惨地过了十天，日本便无条件投降了。

思及人在东京的外子，我又带着两个孩子，以几乎行乞的样貌再度回到东京。由于没有可以搬迁的房子，我们只好请工人简单地修理毁坏的家，再次恢复到以前那样全家四口的生活。生活好不容易可以稍微喘了口气，没想到外子那边却发生了变化。

由于杂志社受到战争的摧毁，再加上公司董事之间发生了资金问题，外子的公司后来被解散，他变成一个失业者。

不过，由于常年在杂志社工作的关系，外子在那圈子内交了很多朋友，后来他便和里面几个能力较强的人一起出资成立了一家新的出版社，试着出版两三种书。可是出版的工作因为纸张购入的困难，开始有了很多亏损，外子也为此背负了很多的债款。那个时候，他每天茫然地出门，傍晚又疲惫不堪地回来，他以前就是个不爱说话的人，自那时候开始，他更是紧绷着脸闷不吭声。后来虽然总算把出版的亏损给平补过来，但他仿佛已丧失了做任何工作的气力。不过，他并没有一整天待在家里，他总是站在走廊，吸着烟，眺望着远处的地平线，一副若有所思考的样子。啊！又开始了。每当我开始感到担心时，他又会有所感触地深深叹了口气，然后顺手将吸了一半的烟丢到院子里，接着从桌子抽屉里取出钱包放入怀中后，就像个失了魂的人，一声不响地悄悄走出玄关。那天晚上大概就不会回来。

以前他是个温柔的好丈夫。酒量差不多日本酒一合、啤酒一瓶的程度，吸烟数量也会配合政府所配给的烟草数目。我们结婚将近十年，十年里他从没打过我，也没有口出秽言地骂过我。

只有一次，那时雅子大概三岁。当时有客人来访，雅子往外子那边爬去，爬到客人那边时，不小心把客人的茶给打翻了。雅子那时哭着喊我，但我在厨房啪哒啪哒地扇着炭炉没听到声音，所以没有做任何回应。那时候，外子他铁青着脸抱着雅子到厨房来。他把雅子放在板子上，眼睛恶狠狠地瞪着我，整个人站立在那边，一声不吭地转过身背对我，走向房间，唰！我仿佛听到一种从骨髓里所发出的声音，他以震耳欲聋的声音，用力把房间的纸门关上，使我对这男人的可怕感到心惊胆战。惹外子生气的记忆真的只有这一次而已。所以尽管在这战争中我受了很多痛苦，但一想到外子的温柔，我还是会认为这八年，我很幸福。

（可是他变得很奇怪，究竟是从何时开始的呢？从青森市避难回来与四个月不见的外子重逢时，外子的笑颜上总带着些许的卑怯，还试着避开我的视线，表现得局促不安，我疼惜地以为那是因一个人过着不便的生活，身体累坏了的关系。难道，在那四个月里……啊！我什么都不想去思考，一想起，只会更加深陷于满是痛苦的泥沼之中。）

把不会回来的外子的被褥和雅子的被褥并排铺在一起，我吊着蚊帐，心中感到非常悲伤、痛苦。

二

第二天快到中午的时候，我在玄关旁的水井边洗涤着今春出生的次女俊子的尿布，外子像强盗般顶着一副阴沉沉的脸偷偷地回来，一看到我，立刻沉默地垂下头。突然，他一个站不稳，整个人向前扑倒往玄关爬去。做妻子的我，顿时不自觉地低下头想，啊！他一定很痛吧！我满是不忍，根本没办法再继续洗衣服。我站起身，跟在外子的身后，跑进屋里。

“很热吧？要不要脱掉衣服？早上，盂兰盆节有特别配给，送了两瓶啤酒。已经冰过了，要不要喝？”

外子虚弱地露出胆怯的笑容，沙哑地说：“好啊！”

“妈妈要不要也来一瓶？”很明显，他是在别扭地说着客气话。

“我陪你喝吧！”

我已去世的父亲是个大酒鬼，所以，我的酒量比外子好。刚结婚时，两个人散步到新宿，走进关东煮的店，喝了一些酒，外子脸马上通红，无法招架，而我却一点事也没有，只是觉得有些耳鸣而已。

在三叠大的房间里，孩子们吃着饭，外子光着身子，肩上盖着一条湿毛巾，喝着啤酒。怕喝不完会浪费，我向他要了一杯啤酒，一边喝一边抱着次女俊子哺乳，整体看来就像是一幅一家团聚的和谐图画，但毕竟气氛还是不甚融洽，外子一直避开我的视线，我也小心地选择不会触痛外子痛楚的话题，然而，怎样都无法聊得尽兴。长女雅子、长男义太郎大概也敏感地察觉出双亲情绪上的拘束，他们很乖巧地拿着蒸包喝着都青牌的红茶。

“中午喝酒，会醉……”

“啊！真的，身体都变红了。”

那个时候我不小心看到外子下颚底，躺着一个紫色的飞蛾，不，那不是飞蛾，刚结婚时，我也有……我对那有印象，乍看之下会以为那是一个飞蛾形状的痣。我感到震惊，此时，外子似乎也注意到我的发现，紧张地用肩上的湿毛巾胡乱地覆盖在那被咬过的痕迹上。原来，一开始他在肩上覆盖一条湿毛巾就是为了遮掩住那个飞蛾的形状。不过，我决定装作什么都不知情，努力地半开玩笑说着：“雅子只要和爸爸在一起，就会觉得面包很好吃呢！”

没想到这像是对外子的一个讽刺，气氛反而变得奇怪而尴尬，当我快痛苦到极点时，突然邻居的收音机开始播放起法国国歌。外子倾耳细听，自言自语地说着："啊！对了，今天是巴黎的国庆节……"

他幽幽地笑了笑，然后像是告诉我和雅子般继续说道："七月十四日，这一天啊，革命……"

他话说到一半，突然哽住，一看，外子正歪着嘴，眼睛泛着泪光，一脸忍住不哭的样子，他几乎是哭着说："他们攻击巴士底监狱，民众从四周站起来，自那以后，法国的春天花宴就永远、永远地消失了！但是，不破坏不行，就算知道永远也无法再建立出新秩序、新道德，还是不得不破坏。听说孙文说了革命尚未成功之后就去世了，但所谓的革命的完成，恐怕是永远也不会实现了。不过尽管如此，还是不得不发动革命。革命的本质就是这样子，是悲伤而美丽的东西，革命之后会变成怎样呢？应该会有悲伤、美丽，还有爱……"法国的国歌还在继续播放着，外子哭着又害羞地勉强哼哈着对大家傻笑："哎呀！对不起，爸爸酒后失态了。"说完，他垂着脸起身，到厨房边用水洗脸边说：

"实在是不行，真是醉过头了，居然为法国革命哭泣。我要先睡一会儿了……"

他往六叠大的房间走去，一切都变得寂静无声，此刻，他一定蜷着身在啜泣着。

他不是为革命而哭，不！也许法国革命和爱恋很相似，我很了解那种为了悲伤美丽的东西，不得不破坏法国的浪漫王朝与和谐家庭的痛苦，还有外子的痛苦，但我已不是过去那个深爱着丈夫的纸治阿三了。

妻子的心里
住了鬼吗？
啊！啊！啊！
藏了蛇吗？

在这样的悲叹中，丈夫以一个没有革命思想、没有破坏思想、没有什么缘分、也没有什么血缘的人的身份，冷淡地就此走过，妻子独自被留下，永远在同样的场所，以同样的姿态，不断悲伤地叹息，想着这究竟是怎么一回事。也许我只能听天由命，祈求丈夫恋情的风向可以就此改变，痛苦的忍耐接受这一切。我有三个孩子，为了孩子，即使是这样也不能与外子分开。

连续两夜露宿在外后，外子终于有个晚上要睡在自己家里。吃完晚餐后，外子与孩子们在走廊上嬉戏，他对孩子们也是说着卑怯和蔼的话，他笨拙地抱起今年出生的女儿，对她说："胖了呢！是个小美女唷！"

我随口接着说："很可爱，对不对？看到孩子，有没有希望活久一点？"

我这么一说完，外子的表情突然变得很奇怪。

“嗯！”他似乎很痛苦地做出回应，使得我一时紧张，直冒冷汗。

他在家里睡觉时，八点左右就开始在六叠大的房间里铺好自己的被褥和雅子的被褥，然后吊起蚊帐，强迫还想再和父亲多玩一会儿的雅子脱下衣服，换上睡衣睡觉，接着关上电灯，就此休息。

我在隔壁的四叠半大的房间里，让长男和次女睡觉后，便一直做着针线活，到十一点左右，我才吊起蚊帐，睡在长男和次女中间。我们三个并不是睡成一个“川”字，而是变成一个“小”字。

我睡不着，隔壁的外子好像也睡不着的样子。听到他叹息，我不自觉地也跟着叹了一口气，又想起阿三感叹的歌：

妻子的心里

住了鬼吗？

啊！啊！啊！

藏了蛇吗？

外子起床来到我的房间，一时间我变得很僵硬，他问我：“有没有安眠药？”

“有。我昨晚吃过，不过完全没效。”

“吃太多反而没效，六颗就足够了。”他的声音像是不太高兴。

三

炎热的天气一天天持续着，一热我就心神不定，食不下咽，脸颊骨凸出，连喂给宝宝的奶水都变得很少。外子似乎也是一点食欲都没有的样子，眼睛塌陷，炯炯地冒着可怕的光芒，有的时候，还会哼哈着像自嘲般笑着说："如果能疯了，说不定还会轻松些。"

"我也希望能这样。"

"正直的人应该不会感到痛苦。我有一件事相当耿耿于怀，为什么你们都那么努力，那么正经呢？生来要好好地活在世上的人与不打算这样的人，一开始似乎很难清楚辨别。"

"不，那是因为反应迟钝啊！我们这些人不过……"

"不过？"

外子像发了狂似的，用奇怪的眼神盯着我的脸。我开始结巴，啊！说不出口，具体的例子太可怕了，什么都说不出口。

"不过，一看到你痛苦的样子，我就痛苦……"

"什么嘛，好无聊……"外子喘了口气般微笑地这么说。

此时我突然感觉到久违的淡淡幸福。

（就是这样，只要能让外子的心情轻松一点，我的心情也会变得轻松，道德算不了什么，只要心情能轻松，那就够了。）

那天深夜我进入外子的蚊帐。

“没事，没事。我没有什么别的意思。”

话一说完，我便躺下了。外子用沙哑的声音半开玩笑地喊道：“Excuse me！”他爬起身，盘腿坐在床上。

“Don’t mind！Don't mind！”

当晚是个月圆的夏夜，月光透过雨窗的破洞变成一条细银线，有四五道月光射进蚊帐里，停留在外子瘦弱的胸膛上。

“你瘦了？”我半开玩笑地笑着说，并试着从床上坐起身来。

“你啊！好像也瘦了，就是瞎操心，所以才这样……”

“不是，我已经说过了，我什么都没想，好吧！你要对我好一些嘛！”我一笑，外子也露出沐浴在月光下的白牙微笑着。

在我小时候就去世的祖父母二人常常吵架，每次奶奶都会用东京男人的口吻对爷爷说：对我好一点！当我还是孩子时就觉得很有趣，结了婚之后，告诉外子那件事，两个人还曾为此大笑过。

我那时又提起了那个事，外子果然又笑出来，但他马上又换上一副认真的样子对我说：“我想保护你，不让你受风吹，好好地保护你。你真是个好人。不要挂心无聊的事，好好秉持住你的自尊，沉稳地过活。我会永远想着你的事，对于这一点，不管如何你的自信还是不够……”说出这样像在道歉的扫兴的讨厌事情，我觉得非常难过。

“但是，你变了。”我垂下头，小声说。

（被你遗忘，被你讨厌、憎恨，我反而心情轻松。那么在意我的事，却又抱着其他女人的你，等于是把我打落地狱。男人是不是经常会把对妻子的挂念视为一种道德的履行？是不是认为在有了其他喜欢的人之后，还不忘自己妻子才是好的表现、是有良心的作为？于是，开始与其他人相爱时，便在妻子面前露出忧郁的叹息，开始为道德感到烦闷时，托他之福，妻子也感染到丈夫阴郁的情绪，跟着叹息。如果丈夫能心情平静地快乐生活，做妻子的应该也就不会有在地狱的感觉了。如果爱上一个人，就请把妻子完全忘记，全心全意地放胆去爱。）

外子无力地笑着：“变了吗？没变吧！只是这阵子很热，热得让人受不了，夏天实在是太……Excuse me！”

无话可说的我只好微微地笑着说：“坏人！”

我故意装作要打外子的样子，然后迅速离开蚊帐，回到我房间的蚊帐，睡在长男与长女之间，形成一个“小”字的形状。

虽然只有这样，但能向外子撒撒娇，聊天谈笑，我已经感到很高兴，觉得胸口的疙瘩似乎也溶解了一些。那天晚上，我难得什么事都不想一直沉睡到早上。

此后，我常常用这样的方式向外子轻轻地撒娇、说笑，什么欺骗都无所谓，什么不诚实的态度也都没有关系，什么道德感我也都想不去理会，即使只有一点点、一阵子，我也要轻松地生活，就算只有一两小时也好，就在我的想法改变抓住外子后，家中常常高声欢笑之际，一天早上，外子突然表示要去温泉度假。

“头好痛，大概是受不了暑气的关系吧！信州温泉附近有认识的朋友，他一直邀请我过去，说什么不用担心吃饭的问题，要我去那边静养两三周。再这样下去，我觉得自己会疯掉。总之，我想逃离东京……”

他说想要逃跑，但我突然觉得应该是要去旅行。

“你不在时，若有持枪的强盗闯进来，该怎么办？”我边笑，（啊！悲伤的人们总是会笑）边这么说。

“你可以对强盗说我丈夫是个疯子喔！持枪的强盗应该会受不了疯子吧！”

由于没有反对的理由，只好试着从抽屉中找出外子外出的麻料夏服，可是我到处找，却怎样都找不着。

我以恶劣的心情说：“找不到。怎么回事？该不会是被闯空门吧？”

“卖掉了。”外子瘪嘴做出似哭似笑的表情。

我吓了一跳，但仍勉强装作若无其事的样子继续说：“好吧！那赶快准备吧！”

“那应该是个比持枪强盗更凄惨的地方。”我想一定是那个女人因什么秘密需要钱。

“那么，要穿什么呢？”

“开领衬衫就好了。”

早上才刚提出，中午就要出发，一副想要立刻离家出去的样子。一直是大热天的东京那天很难得下起一阵骤雨，外子背着背包，穿着鞋子，坐在玄关的铺板上，脸上皱着眉，急躁不安地等待着雨停，突然自言自语喃喃地说：“百日花一年之后说不定就会开花。”玄关前的百日花今年并没有开花。

“也许吧！”我茫然地回答。

那是我和外子最后一次夫妻般亲密的对话。

雨停之后，外子便像是逃跑般，匆匆地离开家。三天后，那个诹访湖殉情的报道简短地出现在报纸上。

我收到了外子从诹访的旅馆所寄出的信。

“我和这女子并不是为了爱情而死的。我是个记者，记者是教唆人去做革命或破坏，然后自己再转身逃开在一旁擦拭汗珠的奇怪的生物，它是现代的恶魔。连我自己都无法忍受这种自我嫌恶，于是决定要登上革命者的十字架。记者的丑闻，那不是过去所没有的案例吗？如果自己的死能让现代的恶魔多少感到脸红，有助于他们反省的话，我将会感到万分高兴。”那封信里写着这么无聊的事。

男人，在临死之际，还得要这样夸大其词地谈论着什么意义、道理，装腔作势地满口谎话。

根据外子朋友那边听来的消息，那女人是在外子以前的工作地——神田的杂志社里担任女记者，年方二十八。听说我逃难至青森时，她曾住到这家里来，后来好像还怀孕什么的……唉！就只因为那样的事，便大嚷着革命什么东西，然后，就这么自杀，我深深地觉得外子实在是个很差劲的人。

革命是为了让人生活轻松才推动的，我不相信一个满脸悲壮神情的革命者。他为什么不能公开地、快乐地爱着那个女人，快乐地爱着身为妻子的我呢？对于地狱般的恋情，当事人的苦虽然会很强烈，但最痛苦的还是旁边受到波及的人。

轻轻地转换心情才是真正的革命，如果能做到这样，应该就不会有什么问题。连对自己妻子的心情都无法改变，这革命的十字架实在也太悲惨了些。

带着三个孩子，坐在前往诹访领取外子遗骸的火车上，比起悲伤、气愤，我反而对这样无可救药的愚蠢更加感到坐立难安。

货币

在外文中，名词各有男女的性别，

而货币被视为女性名词。

我是七七八五一号的百元日币。你可以稍微察看钱包里的百元纸钞，也许我就在里面也说不定。

我已经筋疲力尽，到底自己现在是在谁的怀里，还是被丢进纸篓里，我完全搞不清楚。听说最近要推出新型纸钞，我们这些旧纸币全都将被烧毁。

比起这样不知道自己是生还是死的感觉，我倒希望干净利落地被烧掉升天。烧掉之后，会去天国还是地狱？那全凭神明裁决。说不定，我会掉到地狱。

刚出生时，我还没有现在这样地卑贱。虽然后来又出来很多二百元纸币、千元纸币等比我更高贵的纸币，但我出生时，百元纸币还算是当时的金钱女王。当我第一次从东京的大银行柜台交到一个人手中时，那个人的手还微微地发抖。真的喔！那是个年轻的工人，他悄悄地把我平整地放入腰上的布袋，然后像肚子痛般左手掌轻轻地压住腰际。走在路上时是这样，搭乘电车时也是这样。总之，从银行到家中，他的左手掌一直压着布袋。

一回到家，他赶紧把我放置在神桌上参拜。通往我人生的大门打开了，竟是这样的幸福，当时好希望可以一直待在那工人家里。可是，我只在那工人家待了一晚。那晚工人的心情非常好，晚上喝了些小酒，然后对年轻娇小的太太说："你不能再看不起我了。我啊，是个会工作的男人！"他不时神气地站起身，把我从神桌上拿下来，两手像是在呈接东西般一副参拜的样子，惹得太太发笑。可是，就在当时，夫妻间突然起了争执，最后我被折成四方形放入太太的小钱包中。隔天早上我被太太带到当铺，与太太的十件和服交换，被放进当铺冰冷的金库中。我身体急速感到寒冷，正当我因肚子痛而感到困扰时，又被带出外面重见天日。

这次我是与医学院学生的一台显微镜交换。我随着医学院学生旅行至很远的地方，后来，我被那个医学院学生丢弃在濑户内海某个小岛的旅馆里。我在那旅馆柜台抽屉里待了将近一个月，从女服务员交头接耳中我听到那个医学院学生居然在舍弃我离开旅馆后不久便投身至濑户内海自杀。“一个人寻死真是愚昧！如果是个英俊的男子，我随时都可以与他一起自杀。”一个臃肿、年约四十、满是脓包的女服务员这么一说，惹得大家放声大笑。之后五年，我游走在四国与九州岛，身体明显地老化，而我也逐渐被人轻视。隔了六年再回到东京时，对于身体的巨大转变，连自己都感到嫌恶。

回到东京之后，我被一位在黑市里工作的女人所拥有。离开东京五六年，我改变了，东京似乎也有所改变。

晚上八点左右，我便跟着微醺的中介商，从东京车站走到日本桥，然后走出京桥穿过银座到新桥。这一段路非常黑暗，就像走在深山林中一样，不用说一个人都没有，甚至连只猫影都没看到。简直就像个不吉祥的恐怖的死街。

接着开始有咚咚、咻咻的声音，在每晚的大混乱中，我一刻也没休息地从这人手上移到那人的手上，就像接力赛中的接力棒一样，眼花缭乱地被传递着。托此之福，我不但被弄成这般皱折，身上还沾了各种臭气，实在让人感到好羞耻、好泄气。那时候，似乎也是日本自暴自弃的时期。我从怎么样的人手上移到怎么样的人手中，为了什么目的，是在什么样悲惨的对话下让渡的，关于这些，各位应该都十分了解，已经听多见多，我不再详细说明。

我深刻体认到，像野兽的，并不只有所谓的军阀。那并不拘限于日本人，而是人类一个大问题。本来我以为遭遇命在旦夕的危险时，物欲和色欲都会被美丽地忘掉，可是事情却不是这么一回事。人们一旦走投无路，是会毫无善意地彼此贪婪攫取的。我体认到只要这世上有不幸的人，我就不会得到幸福。

所谓真正的人类感情是会为了自身、为了自己家庭的短暂安乐，责骂邻居、欺骗邻居、压倒邻居（不，你们都做过一次。更可怕的是你们是在无意识下做的，连自己都没有注意到。请为此感到羞耻！如果还是人的话，请为此感到羞耻，因为羞耻是人才会有的感情），我看到了犹如地狱亡灵在打架、争吵的滑稽、悲惨的图像。

不过，虽然是这样低劣地被使用，但我曾经有一两次觉得能出生到这世上真好。尽管自己现在已变得这么疲惫，连身在何处也搞不清楚，看起来就像张普通的纸币一样，但到现在我还是有些无法忘却的快乐回忆的。其中一次是发生在我跟着一个黑店的老太婆从东京坐了三四小时的火车到一个小都市去的时候。现在就让我娓娓道来。

在那之前，我已经从很多的黑店穿梭到这间黑店，不过女人开的黑店会比男人的黑店更有效地将我双倍使用。

说到女人的欲望，实在比男人的欲望来得更深、更惊人、更可怕。带我去那小都市的老太婆不是等闲之辈，她给了一位男子一瓶啤酒，然后收下我。这次，她来到那小都市买葡萄酒。平常黑市价格是葡萄酒一升五十日币或六十日币，老太婆蹲坐着与店家窃窃私语，脸上不时露出奸笑，最后竟用我这一张纸币买到四升的酒，毫不嫌累地将酒背回家。

总而言之，这个黑市老太婆的伎俩就是将一瓶啤酒与四升的葡萄酒以及一些水混合，倒入酒瓶中，制成二十几瓶的啤酒。这已经超出女人欲望的限度，而且这老太婆还一脸不高兴地一边抱怨这世界实在太苦了，然后一边走路离去。我被放进葡萄酒黑店老板的大钱包中，才睡到一半，马上又被抽出。

这次被交到一位四十多岁的陆军上尉手上。这上尉好像是黑店老板的同伴，他拿来一百支军人专用的烟草“荣耀”（尽管那个上尉是这么说，后来经葡萄酒黑店老板一算，发现总共只有八十六支。葡萄酒黑店老板非常生气地大骂：“混账！”）。总之，与包有一百支烟草的纸包交换，我被粗鲁地放进那上尉的裤袋里。当晚，我便在郊区微脏的小吃店二楼提供他吃饭。上尉拼命地喝酒，猛灌高级葡萄酒白兰地。他的酒品好像不太好，喋喋不休地骂着陪酒的女人。

“你的脸怎么看都像只狐狸。（他把狐狸念成虎狸，不知道是哪里的方言）我记得很清楚，狐狸的脸上有尖尖的嘴巴，上面还长着胡须。胡须是右边三条、左边四条。狐狸的屁真是让人受不了，那里还会冒出黄黄的烟雾，小狗一闻到，就会猛打转，然后啪的一声倒下。不是，这不是骗人的！你的脸是黄色的，奇怪的黄色，一定是被自己的屁给染黄的。哎呀！好臭！是你放的屁吧！哎呀！居然放屁！你不觉得很没礼貌吗？你不知道就算不知羞耻，但在军人的鼻子前放屁还是件很没常识的事吗？我对这很敏感。我光用鼻子闻就可以知道狐狸跑到哪里，怎样都不能安心。”他煞有其事骂着低劣的话。

此时，远远传来楼下的婴儿哭声，他又继续骂道："烦人的饿鬼，扫我的兴。我是很敏感的，不要看不起我。那是你的小孩吗？真是奇怪。狐狸的小孩也会像人类小孩那样哭，真叫人吃惊。岂有此理，带着小孩做买卖，真随便！就因为尽是像你这种不知身份的下贱女人，日本才会陷入苦战。你们如果不是智力不足的笨蛋，日本就会胜利。笨蛋！笨蛋！不管怎样，这个战争是没什么好说的了。狐狸与狗，都是会团团转，然后啪的一声倒下的东西。这场仗是不会打赢了！所以我每晚这样喝酒买女人，不行吗？”

“不行！”陪酒的女人脸色发白地说，“是狐狸又怎样！讨厌的话不要来呀！现在日本，这样喝酒玩女人的只有你们。你们的薪水是从哪里来的？请好好地想一想。我们赚得的钱大半都给了老板娘，老板娘再把那些钱用在你们身上，让你们可以在这家小吃店里喝酒。不要瞧不起我，虽然我是一介女流，但我还养得起小孩。你知道现在抱着初生儿的女人有多辛苦吗？你们是不会知道的。我们的乳房已挤不出任何的乳汁，孩子只能对着空乳房猛吸，不，现在连吸奶的力气都没有了。啊！没错！他是狐狸的孩子。下巴尖尖，满是皱纹的脸已经抽噎地哭泣一整天了，我可以抱给你看。尽管如此，我们还是忍耐着。而你们又是怎样呢？”话说到一半，空袭警报传出，伴随着警报同时又传出了爆炸声，然后开始了砰砰、咻咻的声音，房间的窗户全部都被染红。

“啊！来了。终于来了！”上尉大叫站起身，白兰地摔在地上。他人没站稳，身体跌了个踉跄。

陪酒女像小鸟般迅速地冲下楼，背起婴儿，再爬到二楼。”喂！快逃啊！那很危险，真的！”她从后面提起像没骨头、全身软趴趴的上尉，拖着他下楼，帮他穿好鞋，然后拉着上尉的手匆忙地逃到附近的神社里面。上尉在那边还呈大字形仰卧着，对着空中爆炸声不知道在狂骂什么。啪啦！啪啦！降起火雨，神社开始燃烧。

“拜托啦！长官，逃到对面去吧！在这里枉死很没意义。能逃就快逃！”

在人类的职业中，被指为从事最低等买卖的这位瘦黑憔悴的妇人，闪耀着在我黑暗的一生中见过的最尊贵的光辉。啊！欲望喔！走开！虚荣喔！走开！日本就是因为这两个因素才失败的。陪酒的女人什么欲望都没有，也没有虚荣，她只想拯救眼前醉倒的顾客。她用全身力量抬起上尉，抱着他的两腋，歪歪斜斜地走到田圃里避难。就在逃离后不久，整个神社都变成一片火海。

陪酒的女人将醉醺醺的上尉翻倒在已经收割完成的小麦田里。她让他睡在微高的田畦荫上，然后自己颓然地坐在旁边猛喘气。上尉此时已经鼾声连连了。

当晚，那小都市到处起火燃烧。快天亮时，上尉这才张开眼睛，爬起身，茫然眺望着还在燃烧的大火。突然间，他注意到身旁那位正点着头打瞌睡的陪酒女人。一种非常狼狈的感情油然而生，他准备逃跑，走了五六步，又折回来，从上衣口袋里拿出五张百元纸币同伴，之后又从裤袋里抽出我，将六张纸币叠在一起，折成一半，插入婴儿最底层衣服下面的背上，然后仓皇地跑开。我就在这时候感到相当地幸福。一个货币能这样被有效使用，是多么幸福啊！婴儿的背后干干的，很瘦。虽然如此，我还是对其他纸币同伴说：

“再没有比这边更好的地方了，我们真幸福。希望一直待在这边，温暖这宝宝的背，让他变得丰腴。”同伴们都沉默地点点头。

羞耻

菊子，好丢脸啊！太可耻了，说脸上冒火都不足以形容。即使在草原上奔跑，哇哇大叫，也还不够。《撒母耳记下》[①]里写到“他玛[②]，头上蒙着灰尘，衣服袖子碎裂，手放在头上，一边大叫一边离去”。可怜的妹妹他玛，当年轻女孩感到非常羞耻时，真的会有种想要头上蒙着灰尘哭泣的感觉。我可以理解他玛的心情。

菊子，果然就像你所说的，小说家是人渣！不对，是鬼，非常地差劲。我实在是太丢脸了。菊子，以前我一直瞒着你。其实我有偷偷地写信给小说家户田，而且最后还跟他见了一面。真是太丢脸了，好无聊。

① 《撒母耳记》是《圣经·旧约》的一卷书，分为上下两册，记载了以色列王国第一位国王扫罗和第二位国王大卫执政期间的故事。

② 《撒母耳记下》第十三章里有提到“大卫的儿子押沙龙有一个美貌的妹子，名叫他玛，大卫的儿子暗嫩爱她”。后来他玛被暗嫩玷污抛弃。

让我从头告诉你整件事情。九月初，我写信给户田，非常认真地写了这封信。

对不起。虽然我没什么见识，但还是写信给您。我知道阁下的小说并没有女性的读者。

女人，只会阅读刊载很多广告的书。女人，没有自己的兴趣。就阅读来看，我也是以一种虚荣的心态在阅读，胡乱地尊敬故作世故的人，过分抬高无聊的理论。

很抱歉，我觉得阁下您一点都不懂理论，没有学问。

从去年夏天开始阅读阁下的小说，我几乎已全部看完。因此，不用与阁下见面，也很了解阁下身边的事情、了解阁下的容貌及风采，更确定阁下必定没有女性读者。阁下将自己的贫穷、吝啬、夫妻吵架、不好的疾病及容貌上的丑陋、服装的污秽、吃章鱼脚、喝烧酒、暴虐、睡地板、满是欠债等等很多不名誉的肮脏事，完全毫不掩饰地讲述出来，那是不行的。女人在本能上是崇尚纯洁的。

读了阁下的小说，尽管觉得阁下您有些可怜，但看到您提到自己逐渐变得头秃齿疏时，感于您的悲惨，我不禁为之苦笑。对不起，表现得在轻蔑你。你不是会去一些我都说不出口的不干净地方找女人吗？那就对了。连我都曾捏着鼻子阅读，当然一般女人更是会毫不例外地轻蔑阁下，对阁下蹙眉。我是瞒着朋友阅读阁下小说的，如果朋友知道我在看阁下的书，可能会嘲笑我、怀疑我的人格、甚至拒绝往来。无论如何，请阁下稍微反省一下。虽然我看到阁下的学问不足、文章拙劣、人格低下、思虑不足、头脑不灵敏等无数的缺点，但我发现在这些底下还有一层哀愁。

我对那哀愁感到惋惜，其他的女人并不会了解。女人，就如前面所提到的，是以虚荣在阅读，胡乱地推崇高级避暑胜地的恋情，或是一些思想性的小说。我不单是这样，我相信存于阁下小说底下的哀愁更值得尊敬。

不管怎样，请阁下不要对自身容貌的丑陋、过去的恶行以及文章的糟糕感到绝望，好好地掌握阁下独特的哀愁感，同时留意身体健康，并试着读些哲学、语言学的东西，以加强思想的深度。如果将来阁下的哀愁感能以哲学的方式来呈现的话，我相信阁下的小说定不会像今日这般被嘲笑，阁下的人格亦可更臻成熟。待人格完成之日，我将现身告知我的住址及姓名，并与阁下见面。

不过，现在我只能远远地献上我的支持。容我先致歉，这并不是支持者的爱慕信。我见过您的夫人，请不要误以为自己也有女读者。我是有自尊的。

菊子，我大致写了这样的信。称呼阁下、阁下，感觉好像不太好，但户田先生和我的年纪相差很多，若直接称呼“你”的话，这又会显得太过亲昵，我讨厌这样。如果户田先生因此有了与年龄不符的想法，起了奇怪的念头，我将会觉得很困扰。又没有像尊称“老师”般那样尊敬户田先生，而且他也没那么有学问，称呼他“老师”，我会觉得非常不自然。因此决定称呼他阁下，不过用“阁下”，也真的是有些奇怪。

虽然我寄了这封信，可是我并没有受到良心的苛责，我觉得自己是做了件好事。能对可怜的人尽上微薄之力，我很高兴。不过，我在这封信上并没有写明住址跟姓名。因为，我害怕！如果他以一副肮脏的装扮喝醉酒闯进我家的话，妈妈不知道会有多惊讶啊！说不定还会强迫我们借钱给他什么的……毕竟他是个有坏毛病的人，不知道会做出什么可怕的事。我想永远当个隐形的女人。

可是，菊子，已经没办法了。发生了非常严重的事。还不到一个月，就发生了一件我怎样都必须写信给户田先生的事情，而且这次我还要清楚地告知他我的住址和姓名。

菊子，我是个可怜的人。如果你知道当时我的信件内容，大致可以明白原因了。我接着就来说明，但请别笑我。

户田先生，我很惊讶，为什么你会找出我本人？是的，没错，我的名字是和子，而且我是教授的女儿，二十三岁，美丽出众。拜读你本月于《文学世界》的新作，我感到哑然。我发现真的、真的是不能轻忽小说家。想必您已经知道，而且连我的感受都完全看穿。看到“以上全为胡乱的幻想”这辛辣的一笔，我发现阁下的确有惊人的进步。

关于我那封匿名信能迅速地激起阁下的创作欲望，我也感到非常高兴。虽然说女性的一个支持会成就一位作家，但如此明显的激励，仍是我始料未及的事。据说雨果、巴尔扎克这些大家也都是借着女性的保护与慰藉才创作出许多杰作，我深深地了解到虽然我的力量尚不足那么伟大，但还是帮助了阁下。不管怎样，请好好努力，我会常常写信给你。在阁下这次的小说里略微对女性心理进行了解剖，这的确是个进步。

我可以感觉到小说里面充满很多新意，不过还是有不少不足之处。因为我是名年轻女性，故今后我愿告诉你很多女性心理。总之，请再多读书，充实自身哲学的素养，素养不足的话，是怎样都无法成为伟大的小说家的。若发生痛苦的事情，敬请不要客气，写信给我。既然已经被你识破，那我就不再隐瞒。我的住址与姓名就写在上面。这不是假名，敬请放心。当阁下哪天完善了自己的人格时，我一定会与阁下见面，在此之前，只能以通信的方式联络，敬请见谅。真的，这次我很惊讶，没想到您连我的名字都清楚知道。想必是阁下对于我的信感到兴奋、激动，出示给朋友们看，然后再以信的邮戳为线索，拜托报社的朋友，终于查到我的名字的吧！不是这样吗？不过，我并不喜欢男人因收到女人的信就起了大骚动。您是怎么知道我的姓名，还有我是二十三岁的事的呢？请以信件告知。我愿永远与您通信。下次会我写更温柔的信给您。请保重。

菊子，我现在边誊写这封信，边不断地瘪嘴痛哭，可以感觉到全身都渗出了汗。请仔细看，是我搞错了，他根本就没有写出我的事，根本就没有把我当成一回事。啊！好丢脸。菊子，请同情我，让我把话说完。

你读了户田先生在《文学世界》所发表的短篇小说《七草》吗？里面描述一位二十三岁的女孩很害怕爱恋、憎恨恍惚，后来与六十岁的有钱老爷结婚，但又因此感到厌倦，愤而自杀。有些露骨、黑暗，但有户田先生的味道。我读了那小说之后，马上就想到是以我为范本写出来的。不知道为什么，我只读了两三行就这么认为，马上脸色发白。那个女孩的名字跟我一样，不也是叫和子吗？年龄也一样，不也是二十三岁？父亲是大学老师那部分，不也相似？虽然之后与我的身世发展完全不同，但不知道为什么，我相信这一定是从我的信中所获得灵感的创作。这就是耻辱的源头。

四五天之后，我收到户田先生写来的明信片。上面这么写着：

回函

我收到您的信了。非常感谢您的支持，我也仔细地拜读您了之前的信。至今，我从未做过这种将别人写的信拿给家人看，并予以嘲弄等失礼的事。我也从来没有拿给朋友看，引起骚动。这一点，您尽管放心。您说待我人格完美之后，将会与我见面，只是，人真的可以单凭自己的力量就完成自己吗？简略

果然小说家会说些甜言蜜语。被将了一军，我觉得很懊恼，我发了一整天呆。第二天早上，我突然很想见户田先生。一定要见他，他此刻一定很痛苦。如果我现在不和他见面的话，他说不定会堕落下去。他在等我来，一定要去见他。我立刻开始准备整装出发。

菊子，你觉得去访问长屋的贫穷作家，可以穿得很华丽吗？绝对不行。曾经某个妇女团体的干事们围着貂皮，去探望贫民窟，不是就发生问题了吗？一定得小心注意。

从小说来看，户田先生连可以穿的和服都没有，只有一件露出棉絮的棉袄。而且屋里的榻榻米坏掉，房间铺满报纸，他就坐在那上面。我如果穿着最新流行的粉红裙子去那样贫困的家，反而会让户田的家人感到寂寞、害怕，那样会很失礼的。于是，我拿出女校时代满是补丁的裙子，然后再穿上以前滑雪时所穿的黄色夹克。这个夹克已经变得很小，两个袖子只到手肘附近，袖口裂开，垂着毛线，就像一个货真价实的典当货。

透过小说我知道户田先生每年一到秋天都会起脚气病，很痛苦，所以我准备了一条床上用的毛毯，用包袱巾包着带去。我想对他提出忠

告，请他试着用毛毯裹住脚继续工作。我瞒着妈妈，偷偷地出来。菊子，你应该知道吧！我前齿有一颗可以取出的假牙。在电车上我将它轻轻地取下来，故意装成很丑的样子。户田先生应该是有掉很多的牙，为了不让户田先生感到羞耻，让他安心，我决定也要让他看到我牙齿的缺点。我将头发弄得乱七八糟，真的变成一个丑陋、贫穷的女孩。为了抚慰软弱愚笨贫穷的人，我必须绞尽脑汁，面面俱到。

户田先生的家在郊外，从省线电车下来，向警局询问，很简单地就找到了户田先生的家。菊子，户田先生的家并不是长屋，虽然有些小，但是一栋看起来很干净的屋子，庭院也整理得很漂亮，开满秋天的蔷薇。全部都是意想不到的事。打开玄关门，木屐箱上放置了一个插有菊花的水盘。有一位非常沉稳高贵的太太走出来向我致意。我还在想是不是弄错屋子了。

“请问，写小说的户田先生是住在这边吗？”我惊惶地问。

“是啊！”太太优雅回答的笑脸让我觉得自己很贫穷。

“老师，”我不加思索地说出老师这个词，“请问老师在吗？”

我被带到老师的书斋。一个一脸严肃的男人端坐在书桌前面。他并没有穿着棉袄。我不太清楚那是个什么材质的布料，在深青色的厚夹衣上，绑有一条黑底白纹的腰带。书斋有茶室的感觉，正面的墙壁上挂了一幅汉诗轴，不过，我一个字都看不懂。竹篮里种有一株美丽鲜嫩的常春藤，书桌旁则堆积了很多的书。

完全不一样！牙齿没脱落，头也没秃，一副冷静的脸庞，一点都没有不干净的感觉。这个人会喝烧酒睡地板？我感到非常不可思议。

“小说的感觉和见面之后的感觉真是完全不同。”我打起精神说。

“是吗？”他轻轻地回答。对我不甚关心的样子。

“为什么会知道我的事？是去调查过了吗？”我提出那件事，并试着整理自己仪表。

“什么事？”他一点反应也没有。

“虽然我隐藏了姓名和住址，但不还是被老师给识破了吗？在我前几天寄来的信上，好像一开始就提出了那件事吧！”

“我不知道你的事。真是奇怪！”他以清澈的眼睛直视我的脸，淡淡地笑着。

“好！”我开始感到狼狈。“如果真是这样，那应该会不了解我信上的意思吧！这样一直保持沉默实在太过分了，你把我当成笨蛋吗？”

我开始想哭，原来是我个人在愚蠢地自以为是。乱七八糟，乱七八糟！菊子，说是脸上冒火都还不足以形容。就算说想在草原上奔跑，哇哇地大叫，也还嫌不够。

“那么，请把信还给我。太可耻了，请还给我。”户田先生一脸严肃地点着头。也许他已经在生气，过分的家伙，我震惊地想。

“我要找一找。我不会把每天的信件一封封地保存起来，说不定已经不见了。之后我会叫家里的人去找。如果找到的话，再寄还给你。是两封吗？”

“是两封！”我认真地回答。

“说什么我的小说跟你的遭遇很相似，我写小说是绝对不用范本的，全部都是虚构。尤其，你那第一封信……”他突然噤口不出声，低下头来。

“打扰了。”我是个缺了牙，看起来很破烂的乞丐女。瘦小的夹克袖口裂开，深蓝色的裙子满是补丁，我从头到脚都被轻蔑着。小说家是恶魔！骗子！明明不贫穷，却故作非常贫困的样子。明明一表人才，却要说什么丑陋，博取同情。明明就一直在努力求知，却要说什么不学无术，装迷糊。明明爱着太太，却要胡诌每天夫妻吵架。明明不痛苦，却要装成一副辛苦的样子。我被骗了。我沉默地鞠躬，站起身。

“您的病怎么样了？脚气病还好吗？”

“我很健康。”

为了这人我还带来毛毯。不过，得再带回去。菊子，在过度羞耻之下，我抱着毛毯包，在回去的路上开始哭泣。我把脸压进毛毯包里哭泣，结果还被汽车司机怒斥：“混账！走路小心！”

过了两三天，我的那两封信被放在大信封中以挂号信寄来。那是我微弱的一缕希望。老师会不会写来可以挽救我羞耻的箴言？这个大信封里，除了我的两封信，会不会还放有老师温柔的安慰信？我抱着信封祈祷，然后打开信封，除了那两封信，里面什么都没有。

说不定在我的信里面会像随笔那样写些什么感想，一张、一张，我仔细地检查信纸的反面、正面……结果什么都没有写。这种耻辱，你知道吗？我真想用灰盖着头。我已经成长了十岁。小说家实在太无聊了，人渣，写得全都是谎言，一点都不浪漫。

我本来以为他是生活在普通的家庭，而且不会冷淡地轻蔑目送有些肮脏、前齿脱落的女孩，永远都是以一副拘谨的态度，心灵澄静地活着。实在是太惨了，竟然有了这样的丑事。

女生徒

早上，睁开眼睛的心情是很有趣的。

好像玩捉迷藏时，动也不动地躲在漆黑的壁橱中，突然，嘎拉一声门被人拉开，光线倏地照射进来，然后听到对方大声叫道："找到你了！"好刺眼，然后一阵怪异的感觉，心脏扑通扑通直跳，就像那种抓着和服前襟，略带羞涩地从壁橱里出来，然后气呼呼的感觉。不、不对，不是这种感觉，应该是更让人受不了的感觉。好像打开一个箱子，结果里面还有个小箱子，把小箱子打开，里面又有个小箱子，继续打开，又有箱子，再打开，还有箱子，然后，七八个箱子，全部打开后，才停止这没完没了的行为，最后出现了一个骰子般大小的箱子，轻轻地把它打开一看，里面却空荡荡的。有点接近这样的感觉。

说什么啪嚓睁开双眼，根本是骗人的。我的眼睛越来越混沌，就像淀粉渐渐往下沉淀般，然后一点点慢慢澄清，最后感到疲惫，整个人也为之清醒。早上，总感到有点空虚。难过的事不断涌上心口，让人受不了。讨厌！讨厌！早晨的我最丑陋不堪了。也许是没睡好的关系，此时的我两脚无力，什么都不想做。

说什么早晨有益身心，那根本是骗人的。早晨是灰色的，一直以来都是如此，是最虚无的。早上躺在床上，总是感到厌世，觉得讨厌，对各个丑行更是悔恨，甚至还闷郁到整个胸口梗塞，坐立难安。

早晨，真是可恶。

我小声地叫着："爸爸！"感到一阵难为情，但又很开心。我翻起身，迅速叠好棉被。抱起棉被时，吆喝一声：嘿咻！突然间我想到，到目前为止，我从未想过自己是个会说出像嘿咻这般低俗字眼的女人。"嘿咻！"听起来好像老太婆在吆喝，真令人讨厌。为什么我会发出这样的声音呢？也许在我身体的某处，正住着一位老太婆。感觉真是不舒服，以后我可要多注意一些。这就像对人们低俗的走路模样大蹙眉头的同时，猛然发现自己也是这样行走般，教人万分沮丧。

早上，我总是毫无自信。穿着睡衣坐在镜台前，不戴眼镜看着镜子，我的脸庞有些模糊。虽然最讨厌自己脸上的眼镜，但眼镜却也有旁人无法了解的好处。我最喜欢摘掉眼镜眺望远处，整个世界变得朦胧，恍如梦境像万花筒般，感觉很棒。什么脏污都看不到，只有庞大的物体，鲜明强烈的光线映入眼帘。我也喜欢摘掉眼镜看人。人的脸庞，都变得柔和、美丽、笑容可掬。摘下眼镜时，我绝对不会想要和其他人发生争执，也不会口出恶言，只会默默地、茫然地发着呆。那个时候的我总觉得每个人都看起来很善良，会安于发呆，想要撒娇，心情也变得温和许多。

可是，我也有不喜欢眼镜的时候。一戴上眼镜，脸部所带来的好感就会消失殆尽。从双眼衍生出的各种情绪，浪漫、美丽、激烈、软弱、天真、哀愁，一切均被眼镜给遮掩住，再也无法用眼睛挤眉弄眼地交谈。

眼镜是个妖怪。

我一直很讨厌我的眼镜，总觉得拥有美丽的双眸是最棒的。即使没鼻子，藏起嘴巴，看到那双眼睛，会让自己想要活得更好的眼睛，就会觉得很棒。我的眼睛只是大了些，没有什么用处，所以一盯着自己双眼看，就感到相当失望。连妈妈都说我两眼无神，可说是没有光彩的眼睛吧！一想到它像煤球，就觉得沮丧。因为这样，我觉得好惨喔！面对镜子，每每都深切地盼望它们能够变成湿润有光彩的眼睛、像碧湖般的眼睛，或像躺在青青草原上望着天空的眼睛，可以常常映出白云的流动，甚至连鸟的身影也都照映得清清楚楚。好想和拥有美丽眼眸的人相遇。

从今天开始就是五月了，一想到此，心里多少有些雀跃。很开心，因为夏天就快要到了。步入庭院，草莓花映入眼帘，父亲去世的事实，变得很不可思议。死亡、去世这种事最讨厌，实在让人难以理解，叫人纳闷。好想念姐姐、分开的朋友，还有好久不见的人。这些过去的事、前人的事，就像臭腌菜般环绕在我周遭，真是受不了。

恰皮、卡儿（因为是可怜的狗狗，所以叫它卡儿），两只狗一齐跑过来，并坐在我跟前。我只喜欢恰皮，恰皮的白毛光亮亮地很美，而卡儿却脏兮兮的。我在抚摸恰皮时，清楚地看到卡儿在一旁哭泣的表情。我也知道卡儿只有一条腿，但我就是不喜欢它那副悲伤的样子，就是可怜得让人受不了，所以我才故意不对它好。卡儿看来好像只野狗，什么时候会被抓去杀掉都很难说，它的脚都已经这样了，就算要逃，也跑不快吧！卡儿，请赶快到深山里去，因为谁都不喜欢你，还是早早去死吧！不仅是对卡儿，对人我也会做出恶劣的事，欺负别人、伤害别人。我实在是个惹人厌的小孩，坐在走廊上抚摸着恰皮的头，看到映入眼帘的绿叶，突然感到一阵难为情，好想坐在土地上。

我试着想哭泣。屏住气息，让眼睛充血，也许会流下一点泪来。我试着这样做，但还是没办法，也许我已经变成个没有眼泪的女人。

算了。我开始打扫屋子，边扫边哼起《唐人阿吉》，稍回过神，惊讶于平常热衷于莫扎特、巴哈的我，居然也会无意识地哼唱《唐人阿吉》，这很有趣。拿起棉被时吆喝着嘿咻，打扫时唱着《唐人阿吉》，自己该不会已经变得非常糟糕了吧？再这样下去，不知道会说出怎样下流的梦话？我感到非常不安。不过又莫名地觉得很可笑，于是停下拿着扫帚的手，一个人笑了起来。

我换上昨天新做的内衣。胸口处刺有一朵小小的白蔷薇。上衣一穿上，就看不见这朵花了，所以谁都不知道。为此，我感到相当得意。

妈妈正忙着帮人做媒，一大早披头散发地出门去。从我小时候起，妈妈就常为别人的事尽心尽力。虽然我已习以为常，但还是对妈妈的精神感到讶异，深深佩服。也许是爸爸只专注于读书之故，所以妈妈连爸爸那一份也一起做了。爸爸早已疏于社交，但妈妈却不断地与善良的人们接触。虽然他两人个性不同，却能彼此敬重地相处。真是一对没有丑恶的美好又祥和的夫妇，啊！我觉得好骄傲好骄傲。

在酱汤温热前，我坐在厨房口，呆望着前面的杂树林。我发现以前也是这样，我总坐在厨房口，以同样的姿势，想着同样的事望着前面的杂树林。瞬间，莫名地想到过去、现在、未来。这种情形常常发生。

和某人坐在房里说话，视线往桌子角落的方向移动，然后静止下来，只有嘴巴在动。在这样的状态下产生了奇怪的错觉，觉得好像以前的什么时候，自己也曾在同样的状态下，谈论着同样的事，觉得以前看过这张桌子的角落。或是以前发生过的事又悄悄地、原封不动地来到自己面前。即使步行在很远的乡野小道上，我也一定会认为以前来过。步行时，我会顺手啪地摘下路旁的豆叶，然后想着，的确曾在这条路上把豆叶摘下。而且我相信，不管我走在这条路上多少次，自己都将会再把豆叶摘下。有一次洗澡时不经意地看着手，想到之后不管过了多少年，在洗澡时自己也会这么不经意地看着手，若有所感。一这么想，不知怎地，心情就沉了下来。

某天傍晚，把饭装到饭桶时，说是灵光乍现也有点夸张，但体内却有某种东西在咻咻地跑来跑去的感觉，该怎么说呢？我想应该是哲学的尾巴！可是一旦放任这些思绪，脑袋和胸口就开始变得透明，一种生命中轻柔地沉静，以一种搓揉凉粉时的柔软触感，慢慢地冲击着我，美丽而轻缓地扩及全身。此时，我并没有想到哲学的东西，只是有一种预感，觉得自己会像只贼猫一般，一声不响地活下去。这种感觉并不寻常，甚至很可怕。如果那样的感觉一直持续的话，也许会变成神灵附身那样。我想到了基督，不过，我可不想当个女教徒。

我想一切应该是因为我很无聊，没什么生活上的辛苦，无法处理每天所见的成百上千的感受，所以这些东西才趁我发呆的时候，幻化成妖怪，一一浮现出来吧？

我独自坐在餐厅吃饭。今年第一次吃到小黄瓜，从青翠的小黄瓜可知道夏天来了。五月黄瓜的涩味中带有一种会使胸口空虚、刺痛、发痒的哀伤。

每次独自在餐厅吃饭时，就好想旅行，好想搭火车。看着报纸，报上刊登出一张近卫[①]先生的照片。近卫先生是个好男人，但我不喜欢他的脸，他的额头长得不好。我最喜欢看报上所刊登的图书文案。由于

① 近卫文麿，由贵族院议长担任首相，推动东亚新秩序建设和新体制运动。战后因被指为战犯而自杀。

一字一行大概都要花上一百元、二百元的广告费，因此为使一字一句发挥最大的效用，人们都痛苦地绞尽脑汁挤出名句来。这样字字如金的文章，恐怕世上不多了吧！我莫名地感到心情愉快。

吃完饭，关好门上学。虽然觉得应该不会下雨，但因想带着昨天从妈妈那边要来的好雨伞，便把它带在身边。

这把雨伞是妈妈少女时代所使用的，发现这个有趣的伞面，我有些得意。好想拿着这把伞，行走在巴黎的街道。等到战争结束后，一定会流行这种梦幻般复古的雨伞，这把伞与女式外出帽应该很相配。穿上粉红色长裙、开着大襟领的衣服，戴着黑绢蕾丝长手套，在有着宽帽檐的帽子上别上紫堇花，迎着深绿的季节前去巴黎的餐馆吃早餐。然后忧郁地托着腮帮子，看着窗外川流不息的人群。此时应该有个人轻拍我的肩。耳畔瞬间响起音乐，玫瑰色的华尔兹。啊！好可笑！好可笑！可惜现实中只有这只老气奇怪的长柄雨伞。自己真是凄惨可怜，好像卖火柴的少女！总之，还是去拔草吧！

出门时，稍微拔了一下门前的草，算是帮了妈妈的忙，也许今天会有什么好事发生也说不定。同样是草，为何会有被拔去的和放着生长的草呢？既然可爱与不可爱的草外形并没什么不同，为何一定要区分喜欢和讨厌的草呢？没什么道理。

喜欢或讨厌女人，这实在是太任性的观点。忙了十分钟后，我便急急地赶往停车场。穿过走道时，总是很想要写生。途中经过神社的森林小路。这是我新发现的快捷方式。走在林间小路上，不经意地往下看，小麦苗以两英寸的间隔到处生长。一看到青梗小麦苗，就知道今年军队来过这边。去年也有大批军队和马匹驻扎在神社森林里休息。过一阵子后来到这儿看看，小麦就像今天一样很快地生长。这些麦苗并不会再继续生长，今年这些同样从军队的桶子中掉落出的小麦，在昏暗的森林里，完全照不到阳光，煞是可怜，这样下去一定会死掉。

离开神社的森林小路，在车站的附近，我碰到了四五名工人。这些工人，一如往常对我说些口没遮拦的脏话，使我不知如何是好。虽然想超过这些工人先行离去，但若这么做，势必又得钻过他们之间的缝隙，与他们擦身而过，好可怕。不过，话虽如此，若只是站着不动，让工人先行离去，自己再保持一定的距离，还是需要足够的胆识。可是这样的行为有些失礼，也许工人们会感到很生气。我的身体开始战栗，几乎要哭了出来。我对这种哭泣感到很不好意思，勉强向他们笑了笑后，慢慢地走在他们后面。尽管那时候我只能这么做，但懊悔并未随着乘电车而消逝。真希望自己能早日对这些无聊的事淡然处之，变得坚强而美丽。

电车门附近有个空位，我把用具轻轻地放在那边，然后拉直裙摆，准备端坐下去。此时，有个戴眼镜的男人将我的用具挪开，整个人先坐了下去。

“喂！这是我找到的位子。”听到我这么说，男人只是一笑，便若无其事地看起报纸。仔细想想，真不晓得是谁厚脸皮，也许是我也说不定。

没办法，只好把雨伞和行李放到网架上，拉着皮革吊环，一如往常。想看杂志时，便用另一只手随意翻阅书页，想想事情。

若要让自己来选书的话，没有这类经验的我应该会因此哭丧着脸吧！我很相信书上所写的东西。开始阅读一本书之后，我常会沉溺其中，信赖、同化、共鸣甚至将之融入于生活之中。等到再阅读其他书时，我又立刻为之一变，呈现出另一种样貌来。窃取他人的东西，把它好好地改造成自己的东西，这种狡猾是我唯一擅长的才能。但我真的很讨厌这狡猾，每天重复着失败，真是可耻，也许以后自己会变得稳重些。不过，从这种失败中牵强附会地扯出道理，然后熟练地予以修饰，编出一套像样的理论，这似乎是悲苦戏剧所擅长的。（这句话好像在某书上读过。）

我真不知道哪一个才是真正的自己。当读的书不见了，模仿的样本又找不着时，我会怎么办？也许我会手足无措，蜷曲着身子，胡乱地捂住鼻子。不管每天在哪辆电车里，都是这么胡思乱想，实在很糟糕！身体还残留着讨厌的余温，受不了。虽然我知道自己必须做点什么，一定得做些什么，但究竟怎么做，才能正确把握自我呢？以前的自我批判，实在没什么意义。批判后，一旦注意到讨厌的软弱部分，马上又对此感到心疼、怜恤，然后做出不必要的小题大做的结论，使得批判因而不了了之。看来，什么都不用考虑的，还是只有良心吧！

这本杂志有个专栏叫《年轻女孩的缺点》，很多人投稿。阅读当中，有种好像在说自己的感觉，觉得好难为情。写的东西，根据各人不同而不同，平常觉得自己很笨的人，果然写出很笨的东西；看到相片会觉得很漂亮的人，就会运用美丽的字眼。真滑稽。我嗤嗤笑着读下去。宗教家会立刻提出信仰，教育家则自始至终提到恩惠、恩惠。政治家会用到汉诗。而作家，则大费周章地使用华丽的辞藻，自以为是。

尽管如此，里面所描写的都相当正确。没有个性、没有深度，甚至离正当的希望、野心都还有遥远的距离。总而言之，就是没有理想。就算有批判，也并未具有影响自己生活的积极性。没有反省。没有真正的自觉、自爱、自重，即使有勇气付诸行动，也无法担负所有结果的责任。虽然能顺应自己周遭的生活模式，巧妙地处理问题，但自己对生活却没有强大的热情，没有真正的谦逊、缺少独创性，只有模仿。缺少人类原本“爱”的感觉，就算装得高雅，却没有内涵。除此之外，杂志还提到了很多事。让人读了之后，不断地大口喘气，无法予以否定。

不过，这里所提到的全部言论都还算相当乐观，总觉得这些东西与这些人的心情还有些差距，他们只是写写而已。文中出现了“真正的”、“本来的”等形容词，但到底什么是“真正的”爱、“真正的”自觉，也许这些人知道，却没有刻意说明。若真是这样，如果他们能具体用一句话，权威地指示我们往左或往右，该有多好。因为我们已经看不见爱的表现方式，不说这不行、那不行，改以强硬的口吻命令这样做、那样做，对方反而照单全收。也许大家都没有自信。在这里发表意见的人，并非在任何场所都持这样的意见。尽管被斥责没有正确的希望、野心，但当我们要追求理想，付诸行动时，这些人该会在各处守卫我们，引领我们吧！

我们隐约知道自己该去最好的地方，想去美好的地方、想去可以使自己一展才能之处。我们想要有好的生活。也正因如此，我们怀抱着正确的希望、野心。一想到得抱持着值得依赖、不为所动的信念，我的内心就感到急躁不安。不过，身为女孩，若要将这些东西具体实现在生活中的话，应还是需要相当努力。此外，还需要考虑母亲、父亲、姐姐、兄长的想法。（说归说，虽有点古板，但没有瞧不起人生的前辈、老人、已婚人士等人的意思，只不过觉得这些应置于第二顺位或第三顺位）有生活中常往来的亲戚，有认识的人，有朋友，还有总是用强大力量推动我们的“世俗”。一旦想到、看到、思考到这些所有的事，就不能再吵着要发挥自己的个性。

不特立独行，选择多数人走过的道路，持续前进，这才是最聪明的方法。将施予少数人的教育施予给大众，是件悲惨的事情。随着年龄增长，逐渐明白学校规定与社会习惯有着极大的差异。完全遵守学校的校规，会被人视作笨蛋，被说成怪人，被认为无法成材，一直贫乏下去。也许有不说谎的人吧！有的话，那个人铁定是个失败者。在我的亲戚当中，有个行为端正、抱持坚定信念、追求理想、试图活出自我的人，结果亲戚们全在说他的坏话，当他是个傻瓜。虽然明白被当成笨蛋就是失败，但在反抗母亲和亲戚之前，我却一直无法伸展自我意志。小时候，当我意见和大家不同时，妈妈就会问我："为什么？"此时，若是我用一句话敷衍，妈妈就会非常生气地说："坏孩子，品行不佳！"然后显出一脸悲哀的样子。妈妈也曾向父亲告状，父亲只是默默笑着。听说妈妈那时认为我是个"反常的小孩"。后来，随着渐渐长大，我开始变得战战兢兢。即使做一件衣服，也会考虑每个人的意见。

尽管偷偷喜爱符合本身个性的东西，想要去爱护，但就是没有办法清楚地表现自我。我总想要成为别人眼中的好女孩。许多人聚在一起时，总觉得自己好卑贱，扯着谎，聒噪地净说些不想说或背离本意的话。我很擅长这个。因为很擅长而觉得很反感。时代若能早点改变就好了，这样一来，自己就不会有这种卑屈的心情，不用为了别人的想法而战战兢兢生活了。

哎呀！那边的位子是空的。我从网架上拿下用具和伞，匆忙地挤进里面。右边是中学生，左边是背着孩子、穿着育婴服的太太。那位太太已上了年纪，脸上涂着厚厚的粉，头上用着时下流行的发卷，人还算漂亮，但喉咙的地方有些黑黑的皱纹，看来很凄惨的样子，让我觉得好讨厌，好想揍她。

人站着时与坐着时的感觉完全不同。一坐下来，就满脑子想着无意义的事情。我对面位子上坐着四五个年龄相仿、打扮得体的上班族。他们茫然地呆坐着，大概三十岁左右吧，全都很令人讨厌！都是一副睡眼惺忪的样子，毫无斗志。如果我现在对这些人之中的一位微笑的话，说不定单凭如此，我就会被拉去和那人结婚不可。女人决定自己的命运，单凭一个微笑就很足够了。好可怕，真是不可思议，我得要多留意。

早上总是想些奇怪的东西。突然很想念两三天前来家里整理庭院的园丁。他从头到脚都是园丁的打扮，但他的长相怎样都不相配。夸张地说，他有张哲学家一般的面孔，他的肤色是黑色的，眼睛很漂亮，眉毛也很威严。他的鼻子是狮头鼻，与黑肌肤很相称，看起来意志坚强，嘴唇形状也很好，只是耳朵有点脏。一看到手才又回过神知道他是园丁，但那张带着黑色遮阳软帽的脸实在让人觉得他当园丁很可惜。我曾向母亲打听三四次，问他是不是一开始就是个园丁？问到最后还被母亲斥责一番。

今天包着用具的包袱巾是那个园丁第一天来时，我向妈妈要来的。那天，家里在大扫除，修理厨房的工人、榻榻米的工人都来到家中，妈妈也在整理衣橱，我就在那时候看到这个包袱巾，把它要了来。这是一张漂亮的女用包袱巾，我觉得它很漂亮，把它打了结非常可惜。我这样坐着，把它放在膝上，看了好几次。我抚摸着它，好希望电车上的人能都看着它，可惜没人注意。只要能看一下这条可爱的包袱巾，要我嫁给他都无所谓。

想到“本能”这个字，我就好想哭。本能是我们的意志无法控制的。我渐渐地从很多事情上了解到这个道理，觉得自己几乎要发狂。该怎么做才好呢？我感到很困惑，不能肯定，也不能否定，只觉得头上似乎顶了一个好大的东西，拉着我走来走去。被拉着走让我有种满足的感觉，同时有种以悲伤的心情眺望别处的感情。为何我不能过着让自己满足，一生只爱自己的生活呢？看着本能腐蚀着以前的感情和理性，就觉得好难为情。在稍微忘掉现实的自我之后，我感到有些丧气。随着自我本能逐渐明朗，我有种想哭的感觉。好想呼唤妈妈和爸爸。不过，也许真实这东西就出乎意料地存在于连自己都很讨厌的地方，真是越来越难为情。

已经到御茶水站了。一到月台，所有的事就忘得一干二净。我赶忙回想刚刚发生的事情，但怎样都想不起来。再继续想下去，即使感到焦急，也什么都想不起来，脑袋一片空白。尽管当时我的心情是那么地激动，觉得痛苦、羞耻，但事过境迁，这些却又像什么都没发生过。此刻，我觉得很有趣。现在、现在、现在，就在掰着手指头计算的时候，现在，早已经远走高飞，而新的“现在”紧接而来。爬着天桥楼梯边想着这是什么东西，真是愚蠢。也许我是太幸福了也说不定。

早上的小杉老师很美丽，像我的包袱巾那般美丽。美丽的青色很适合老师，胸前火红的康乃馨显得很抢眼。如果她没有“假装”的话，我会更加喜欢这老师。她太装模作样了，似乎有些勉强，那样应该也会累吧！她的个性有些令人难以捉摸，好多我不清楚的东西，明明是性情阴郁，却要努力故作开朗。但无论如何，她还是个有魅力的女人，当老师有些可惜。尽管教室里没有什么人喜欢她，但我一直被她所吸引。我觉得她像是住在山中、湖畔古城的大小姐。讨厌，夸奖她了。小杉老师的话，为什么总是那么无趣呢？大概头脑不好吧！好可悲。从刚才开始就一直针对爱国心说个没完，那些事，难道还知道得不够多吗？什么不管怎样的人都有钟爱自己出生地的心情，真是无聊。庭院一角，有四朵蔷薇在绽放。一朵黄色，两朵白色，一朵粉红色。我呆望着花想：这真是个好地方。能发现花的美丽的，只有爱花的人。

午餐时候，提到妖怪的事。雅丝贝姐姐的第一高校七大不可思议事件之打不开的门，吓得大家哇哇大叫。我没有逃之夭夭，反而觉得十分有趣。由于玩得很疯，刚吃饱的肚子又饿了。我从安潘夫人那边拿了牛奶糖回来，发现大家已经沉迷在恐怖故事中了。每个人都对这些妖怪故事感到兴趣盎然，这对我们应该算很刺激的吧！接下来所讲的就不是怪谈，而是久原房之助[①]的故事，故事很奇怪。

下午美术时间，大家都到学校庭院上写生课。伊藤老师为什么老是折腾我呢？今天，老师要我当他图画的模特儿。我早上拿来的旧雨伞很受同学欢迎，大家都为之骚动，后来伊藤老师知道这事，便要我撑着

---

① 实业家，之后进入政治界，接管田中内阁，任政友会总裁。昭和二十五年解散政友会。

伞，站在学校的一角，蔷薇的旁边。听说老师要画下我的姿态，然后参加这次展览。我答应只当三十分钟的模特儿。能帮人一些忙，让我很高兴。不过，与伊藤老师两个人面对面非常累人。他话一直说个没完，一堆谬论，未免也太关心我了吧！一面素描一面说话，谈得全都是我的事。我连回答也觉得麻烦，讨厌。他真不干脆。看到他这样奇怪地笑，明明是老师，却又表现得害羞怕事、不直爽的样子，真让我瞧不起。说什么“想起死去的妹妹”，真让人受不了。他人还好，就是动作太多了。

说到动作，因不服输，自己也做了很多的动作，而且我还很狡猾地故作姿态。实在太装模作样了，自己到最后也感到困扰。“摆了那么多的姿势，活像个做作的妖怪。”我这么说着，然后又摆了个姿势，一动也不动。一边替老师当模特儿，一边深深地祈祷自己能“做得自然些、纯真些”。别再读什么书了。只有观念的生活，故作无意义的高傲，真是让人轻蔑。你没有生活目标，实在该对生活变得更为积极些。老是摆出一副思索、烦恼自我矛盾的样子，其实一切只是自己太过伤感罢了，只是一味地怜惜自己、安慰自己而已。是你把自己给高估了！啊！内心这样污秽的我当模特儿，老师的画一定会落选，应该不会美丽。没办法，伊藤老师实在是个笨蛋，连我的内衣上有蔷薇花的刺绣图案都不知道。

沉默地摆着同样的姿势时，我突然非常想要钱，有十块钱日币也好。现在好想读《居里夫人》[①]，也希望母亲能长生不老。当老师的模特儿，真是辛苦，我已经筋疲力尽。

放学后，我和寺庙主持的女儿金子悄悄去好莱坞剪头发。剪好了一看，简直无法接受，我大失所望。怎样看都不可爱。好惨。我感到非常颓丧。来到这种地方，偷偷剪了头发，觉得自己好像一只有些肮脏的母鸡，现在非常后悔。我们来到这样的地方，简直是在自取其辱。

“就这样去相亲如何？”寺庙小姐非常兴奋，说了这样粗鲁的话。她仿佛产生了错觉，好像真的要去相亲一样。

她认真地问道：“这样的头发该插什么样的花？”“穿和服时，该配上哪种腰带？”真的是什么都没多想的可爱人儿。

“你要跟谁相亲？”我笑着问。

“有道是王八配绿豆啊！”她清澄地回答。

那是什么意思？我有些吃惊地听着。寺庙主持的女儿当然是嫁给管寺庙的人最好，一生都不愁吃。她这样的回答又让我大吃一惊。金子似乎完全没有个性，也因如此，她很像个女孩子。在学校她坐在我旁边，尽管我和她没那么亲近，但大家都认为寺庙小姐是我最好的朋友。她是个可爱的小姑娘，每隔一天写信给我，常常照顾我，实在非常感谢。可今天她这么夸张地兴奋，真让我讨厌。

和寺庙小姐分开后，我便搭上巴士，不知道为什么突然感到很忧

---

① 由居里夫人的次女爱娃·居里所著。

郁。在巴士里，我看到了一位讨厌的女人。她穿着一件领襟很脏的和服，乱蓬蓬的头发上卷个发髻，手脚都很脏，还顶着一张男女难辨的红黑色脸庞。啊！真恶心。那女人有个大肚子，而且还不时诡异地奸笑。母鸡！我想到偷偷跑去好莱坞弄头发的自己，大概也跟这女人没什么两样。我想起早上电车上坐我旁边化着厚妆的太太。啊！好脏，好脏！女人真讨厌。正因自己是女人，所以很清楚女人的肮脏，就像晚上磨牙般地令人讨厌。那种肮脏，像玩弄金鱼后，那布满全身、怎么洗都洗不掉的鱼腥味，想到自己将这样日复一日散发着雌性体臭，真希望能在少女时就这么死亡。突然想生病，如果能患上重病，使得大量流下的汗水像瀑布般冲洗全身，身体因此变瘦的话，或许就能变得玉洁冰清。或许只要我活着，就怎样都无法逃离这样的命运。我渐渐能理解庄严的宗教意义。

下了巴士之后，稍喘了口气。巴士内空气污浊，直让人受不了。还是大地比较好，一踏上土地走路，就开始喜欢自己。我的身体变得有些飘飘然，像只极端快乐的蜻蜓。

回家的田间小路，实在看腻了，我已经不知那是个怎样宁静的田庄，眼前只有树木、道路、田地。今天，就让我试着装作初来这乡下的人吧！我是神田附近一个木屐匠的女儿，出生以来第一次踏上郊外的土地。这乡下到底看起来像什么呢？这是个很棒的构想，一个可怜的构想。我换了一个脸，故意夸张地四下张望。走在小并木路时，仰着头，眺望着新绿枝头，小声地“哇”。过土桥时，凝视着小河川，河水倒映着我的脸，我还模仿狗汪汪叫了几声。眺望远处的田野时，眯着眼，迎着风，心神荡漾。“真好！”我喃喃地叹息着，在神社稍作休息。神社的森林很黑，我慌慌张张地站起身，边说着“啊！可怕，可怕！”边缩着肩，急急忙忙地穿过森林。就在我对森林外面的光亮故作惊讶、觉得万物都很新奇、心无旁骛地走在乡下的道路上时，突然觉得好寂寞。最后，我试着轻轻坐在路旁的道路上。一坐在草地上，之前雀跃的心情唰地消失，猛然变得严肃起来。我安静地思考最近的自己。为什么这阵子自己变得这样差劲呢？为什么老是这样不安？我一直在害怕着某个东西。

最近有人对我说：“你越来越俗气了！”也许真是这样，我的确很糟糕、很无趣。“不行，不行。这样太软弱、太软弱了！”我大声地叫出来。“啐！”我大叫着，“想掩饰自己的软弱，是不可以的。振作，振作！”也许我在恋爱。

我躺在青草原上试着呼喊“爸爸”。爸爸，爸爸！晚霞的天空好漂亮，而且暮霭还是粉红色的。大概是夕阳光溶解渗透于暮霭之中，暮霭才会变成这样柔软的粉红色吧！粉红色暮霭悠悠地漂流，把我身体团团围住。发丝一根根静静地闪耀着微弱的粉红光芒，轻柔地碰触着我。天空也好美丽，我生平第一次想对天空鞠躬。现在我开始相信有神明存在了。天空的颜色该算什么色呢？蔷薇？火焰？彩虹？天使的羽翼？大佛院？不对，不是这样。应该要更庄严。

“我好爱这世界！”我热泪盈眶地想。注视着天空，天空慢慢改变，渐渐变成了青色。我不停地叹息，好想褪去自己的衣裳。就在这时候，树叶和草变得透明，已看不见它们的美丽，我轻轻触摸草地。好想美丽地活下去。

回到家，发现家里有客人，妈妈也在家里。依照惯例，客厅里传来热闹的笑声。只有我和妈妈两人时，不管妈妈的脸上有着怎么样的笑意，她就是不会发出声。可是与客人谈话时，就算脸上一点微笑也没有，她还是会高声大笑。打过招呼后，我立刻走到里面，在井边洗手，然后脱下鞋洗脚。就在这时，一个鱼贩走过来说：“久等了，鸣谢惠顾。”便把一条大鱼放在井边。是什么鱼？我不知道。不过鱼鳞很密，像是北海的鱼。把鱼移到盘子上后，我清洗双手，仿佛感觉到北海道夏天的腥臭。我想起前年暑假去北海道姐姐家游玩的情景。位在苫小牧的姐姐家，因为靠近海岸的关系，一直有鱼腥味。眼前清楚浮起姐姐傍晚一个人在空荡荡的厨房里，用白皙的手熟练地处理鱼的样子。那时候，我不知道为什么很黏姐姐，非常爱慕姐姐，可是那阵子姐姐才刚生下小年，没多余的时间顾及我。一想到此，便感觉冷风从空隙阵阵吹来，心中有一种无法再抱住姐姐的细肩，犹如死去般寂寞的心情。站在那个阴暗的厨房一角，我远远地忆起姐姐那白皙优雅的手指。过去的事情，往往令人怀念。说到亲人，真是个不可思议的东西，尽管对旁人的记忆会随着远离而渐遗忘，但对于亲人，却尽是思念与美丽的回忆。

井边的茱萸果有些泛红，也许再过两周就可以吃了。去年很滑稽。傍晚我一个人摘着茱萸吃时，恰皮静静地看着我，我觉得它很可怜，便给它一个茱萸，恰皮马上把它吃掉了。再给了它两个，恰皮又吃掉了。我觉得很有趣，于是便摇起茱萸树。当果子啪嗒啪嗒掉下来时，恰皮开始拼命吃茱萸果。笨家伙！这是头一只会吃茱萸的狗。我伸着身子，摘下茱萸吃。恰皮也在底下吃。真是滑稽！想到那时的事，就非常想念恰皮。

“恰皮！”我叫着。

恰皮从玄关急急跑过来。突然好想咬恰皮，疼爱恰皮，我用力抓住恰皮的尾巴，它轻轻咬着我的手。一种想哭的冲动袭来，我敲打自己的头，而恰皮此时正若无其事地喝着井边的水。

我走进房间点起灯，总觉得家中某处残留着偌大的空位，浑身不舒服。脱下内衣，换上和服，轻吻着内衣上的蔷薇花。坐在镜台前，对于客厅传来的哄笑声，我莫名地感到愤怒。妈妈和我两人的时候还好，可是只要有客人来，很奇怪地，她便会与我疏离，对我相当冷淡，像对待陌生人一般。这个时候，我就会很想念父亲，觉得很难过。

凝视着镜子，我的脸在镜中竟显得神采飞扬。这张脸仿佛是别人的，与我的悲伤、痛苦全然无关，自顾自悠然伸展着。尽管今天没有涂腮红，脸颊却显得红润，小小的嘴唇泛着红光，好可爱。摘下眼镜，我浅浅地笑着。眼睛也很好，清清澄澄的。大概是看了很久美丽的夕阳，才变成这样美丽的眼睛。真棒!

我兴致勃勃地走到厨房磨米，顿时又感到悲伤。好怀念在小金井的家。心中燃烧起强烈的思念。在那个美好的家里，有爸爸、姐姐，妈妈那时也很年轻。每当我从学校回来时，都会和妈妈、姐姐在厨房或茶室聊些有趣的事。我会吵着要点心，不停向两人撒娇。有时我也会和姐姐吵架，被责骂后，便会一个人骑着脚踏车跑到很远的地方，等到傍晚回来，又再快乐地吃晚饭。那时真的很快乐。那时的自己一点都没有人际关系的困扰，可以尽情地撒娇，真好。就像在享受什么大特权，觉得心安理得，没有担心、寂寞，也没有痛苦。爸爸是个伟大的父亲，姐姐也很温柔，我总是依靠着姐姐。

但随着慢慢地长大，我开始变得令人讨厌，特权也突然消失，光溜溜的身子，好丑好丑。只要想到无法再对人撒娇，眼前便尽是苦痛。姐姐后来嫁了人，爸爸也离开了人世，只剩下我和妈妈。妈妈应该也很寂寞，这阵子妈妈说："以后再也不会有生命的快乐了。看到你，我真的一点都不觉得快乐。请原谅我。你父亲不在，幸福也就不再来。"妈妈看到蚊子会猛然想到爸爸，脱衣服也会想到爸爸，剪指甲时、觉得茶很好喝时，也一定会想到爸爸。就算我再怎么体恤母亲的感受，陪母亲说话，但毕竟还是与父亲不同。夫妻之爱是世界最强大的东西，一定比亲人的爱还来得尊贵。我一个人煞有其事地想到脸颊泛红，用湿漉漉的手把头发绑起来。我咻咻地磨米，发自内心地觉得母亲很可爱，而且惹人怜爱，真想好好照顾她。后来我解开头发，觉得头发好像变长了。妈妈从前就很讨厌我留短发，如果把头发留长，好好地扎起来给妈妈看，她一定会高兴的。可是，我不喜欢做那样的事逗妈妈开心，觉得好讨厌。

仔细一想，这阵子我的局促不安跟妈妈有很大的关系。我很想作个妈妈心目中的好女儿，但我又很讨厌那样奇怪地讨妈妈欢心。如果我什么都不说，妈妈还是能清楚了解我的感受，且感到安心的话，该有多好。不管我多么任性，也绝不会成为世人的笑柄，就算觉得辛苦、寂寞，也会好好把握最重要的原则，爱妈妈、爱这个家。我很爱这个家，如果妈妈能绝对相信我，悠闲地生活的话，那我就心满意足了。我一定要变得了不起，要鞠躬尽瘁地工作。现在对我来说，这是我最大的乐趣。尽管把这视为我人生的道路，但妈妈却完全不信赖我，还一直把我当小孩子。只要我说些孩子气的话，妈妈就很高兴。这阵子我特地笨手笨脚地拿出四弦琴弹奏给妈妈听，妈妈像打从心底非常高兴取笑着："哎呀！下雨了吗？听起来好像雨滴的声音。"想到自己认真弹奏四弦琴的样子，就觉得好惨，好想哭。妈妈，我已经长大了呀！世上的事情，我什么都知道，请放心跟我商量。家里的经济杂事，全部向我吐露。在这样的状况之下，若有什么要我帮忙的话，我绝对不会逃跑的。我很坚强。我会当个质朴、勤俭的女儿。真的！尽管如此，啊！突然想起有首歌叫《尽管如此》，便一个人咯咯笑了起来。回过神，只见两手呆滞地提着锅，像个笨蛋一样，东想西想。

不行、不行了，得赶快为客人准备晚餐。刚刚那条大鱼该怎么处置呢？总之先切成三片，抹上味噌吧！这样吃，一定很美味，做菜绝对要凭直觉。还有些黄瓜，可以用来做三杯醋。接下来是我拿手的煎蛋。然后，再做一道菜。

啊，对了！来做洛可可[①]。这是我自己发明的。把盘子上的火腿、蛋、芹菜、南瓜、白菜、菠菜这些厨房的剩菜全部集合起来，然后再按照颜色搭配，有技巧地排列。这既不麻烦，又很经济，尽管一点都不可口，但餐桌会被装饰得热闹华丽，看起来一副很奢侈豪华的样子。蛋的底下有芹菜叶，旁边火腿做成的红色珊瑚礁。白菜的黄叶子平铺在盘子上，既像牡丹花瓣，又像羽毛扇子。绿色菠菜，仿佛是牧场、湖水。把这样的两三个餐盘并列在餐桌上，客人应该会毫不犹豫地想到路易王朝吧！虽然没那么好，但既然我没办法做出美味佳肴，至少还能把菜弄得美观，让客人目不暇接，以此骗骗人。料理，外观是第一要项。我想这样应没问题了。不过这个洛可可，还是需要若干绘画天分。对于色彩搭配，若没有超乎常人一倍的敏感，是会招致失败的。至少必须具备我这样的纤细内心。最近查了一下洛可可这个字，它被定义为只有华丽，内

① 洛可可（rococo）是一种装饰美术。流行于法国路易十五时期，以曲线为主要花纹。这里指料理的外观。

容空洞的装饰样式。真好笑！这真是个好的回答。美丽之下，还会有什么内容吗？纯粹的美丽，总是没意义、无道德的。就是这么一回事。因此，我喜欢洛可可。

总是这样，当我做菜，到处尝味道时，总会莫名地有种虚无感。我疲惫地要死，心情很阴郁。所有的努力均达到饱和，已经不行了，已经无法达到更好了。我突然间感到厌烦，随便弄一弄味道、装饰，把一切搞得乱七八糟后，便一脸不高兴地端去给客人。

今天的客人特别忧郁，他们是大森的今井田夫妇和他们七岁的儿子良夫。

虽然今井田先生已年近四十，却像美男子般皮肤白皙，让人有点讨厌。为什么他要抽敷岛牌香烟呢？带过滤嘴的香烟，不知为何，就是让人觉得不太干净。香烟，不用带滤嘴，抽敷岛烟，会让人怀疑此人的人格。他将烟圈一个个吐向天花板，然后说着：喔、喔、原来如此。他现在好像是个夜校老师。

他太太个头很小，看起来唯唯诺诺，有些粗俗。就算没什么事，也会像笑岔气似的弓起身体，整个人趴在榻榻米上。有什么好笑的事吗？那样夸张地趴着大笑，不禁让人怀疑有什么高尚之处。在现今世上，这类阶级的人们大概就是最坏、最卑鄙的吧！这就是所谓的小资产阶级[①]、小公务员。

---

① 小市民阶级。

连小孩也在卖弄着无聊的小聪明，一点都不纯真。虽然这么想，我还是压抑着所有的情绪，鞠躬、笑、说话、摸着良夫的头说：“好可爱，好可爱！”这全都是欺骗大家的谎言，说不定今井田夫妇，还比我来得纯真呢！大家吃着我做的洛可可，称赞我的手艺，就算觉得寂寞、生气、想哭，还是得努力装出高兴的笑脸给他们看。终于我也可以坐下和大家一起吃饭了，但今井田太太聒噪无知的致谢却让我觉得好恶心。好！我不要再说谎了。“这菜一点都不好吃，只是黔驴之计罢了！”尽管我这样说出的事实，但今井田夫妇却拍着手大笑：“黔驴之计，说得真好啊！”我觉得好不甘心，真想摔出碗和筷子，大声痛哭。

看到我一直忍耐强装欢笑，妈妈也说：“这孩子越来越帮得上忙了！”妈妈！你明明了解我难过的心情，却为了迎合今井田先生而说出这种话，呵呵笑着。妈妈！实在不用那样讨好今井田这种人。面对客人时的妈妈，不是我母亲，她只是个弱女子。虽然爸爸已经不在了，但我们需要那么谦卑吗？一想到此就好难为情，什么话都说不出来。离开！离开！我爸爸是个优秀的人，为人体贴且人格高尚，若是因为我爸爸不在，就这么看不起我们的话，现在马上离开！我很想对今井田这么说，但我还是软弱地替他们服务，为良夫切火腿，帮今井田太太夹酱菜。

吃完饭后，我立刻躲进厨房，开始收拾，好想一个人独处。虽说用不着摆架子，但也没必要勉强地去迎合那样的人，和他们一起嬉笑啊！对那样的人礼貌，不不，连奉承都是绝对不需要的。讨厌！再讨厌不过了！不过，我还是尽可能努力了。想到妈妈，她不也对我今天忍着不耐烦，亲切服务的态度感到高兴吗？那样就够了。

不过，到底是强硬地清楚区分交际是交际、自己是自己，明确地对应事情、处理事物比较好呢？还是就算被人恶言相向，也绝不失去自我、隐藏本意比较好呢？我不知道哪个才对。好羡慕一些人可以终其一生地活在和我一样软弱、体贴、温和的人群中。什么辛苦都不用遭受，就可以毫不费力地过完一生，也不用刻意去追求任何东西。这样真好。

尽管压抑自己的情绪，为别人服务没有错，但如果以后每天都要跟刚才那样勉强自己去赔笑、附和今井田夫妇那种人的话，我可能会因此发疯。我突然想到，像我这种人是绝对不能够进监狱的。除此之外，连女服务生也当不成。我也不能当人家的太太。不，当妻子就不同了。如果已经彻底决定、有觉悟要为这人辛苦一辈子的话，不管多辛苦地工作，就算皮肤晒得黝黑，也能充分感受到生存的价值和生活的希望。即便是我，也能做到完美。这是理所当然的事。我会从早到晚，像只小白鼠般，不停地为他工作。我会努力地搓洗衣物，就像累积了很多的脏衣物般，再也不会有什么不愉快的事。因为我整个人会变得焦躁不安、像歇斯底里般怎样都静不下来，就算死也不瞑目，也要把所有脏衣物，一件不留地清洗干净、晾到衣架上后，才可以安然离去。

今井田先生要回去了。好像有什么事，妈妈也跟着一起出去了，还是应声连连地跟出去。今井田凡事都利用母亲，虽说只有这次没有，但我实在好讨厌好讨厌今井田夫妇的厚颜无耻，好想一拳打过去。将大家送至门口后，我一个人茫然地望着薄暮时的道路，此时突然好想哭。

信箱中有晚报和两封信。一封是给妈妈的，是松阪屋所寄来的夏季大甩卖的传单。另一封是顺二表哥寄给我的。

上面简单地写着他这次要调到前桥的军队，并向妈妈问好。即便是军官，也不能期待生活轻松，但我好羡慕那种每天严格、紧凑、规律的生活起居。我想，身体一直保持在井然有序的状态下，心情应该会变得较轻松吧？像我这样，什么事都不想做就什么都不做，干些什么坏事也无所谓，想要读书时又有无限的时间可以读书，说到欲望，又有很多希望想要实现。如果能给我一个从这边到那边的努力范围的话，不知道会对我的心情有什么样的帮助。狠狠地把我绑住，我反而会觉得感谢。

在战地工作的军人，他们的愿望只有一个，就是睡个好觉，不管哪本书，都是这么写的。不过，在我对士兵的辛苦感到同情之余，却也非常羡慕他们。从厌烦的、琐碎的洪水中抽离，只渴望着睡眠，那种状态，实际上是相当干净、单纯的。光是想，就有种爽快的感觉。像我这样的人，如果能被丢到军队生活好好地被锻炼一番的话，说不定会变成一个有话直说的可爱女孩。尽管如此，就算没有在军队生活过，但世上还是有像小新这样直率的人。

我实在是个糟糕的女孩、坏孩子。小新是顺二表哥的弟弟，虽说和我一样大，但却是一个非常乖巧的小孩。在亲戚中，不，在世界上，我最喜欢小新。小新，他眼睛看不见。想到他年纪轻轻却失明，不知道那是种什么样的感觉。在这样寂静的夜晚，他一个人待在房间里，又会是一种怎样的心情呢？

像我们，就算寂寞，也可以通过读书、看夜景，多少打发一些时间，但小新却没有办法这么做。他只能沉默。他一直比别人多花一倍的努力读书，在网球、游泳方面也非常拿手。可是他当下的寂寞、痛苦又是个怎样的情形呢？昨晚，想到小新的事，上床后我便试着合上眼睛五分钟。即使是躺在床上闭着眼睛，也觉得五分钟很长，感到胸口郁闷。可是小新不论白天、晚上、几天、几个月，他都什么也看不到。如果他能发发牢骚、耍耍脾气、使使性子的话，我还会觉得比较高兴，可小新他什么都没说。我从没听过小新他发牢骚或对人恶言相向，不但如此，他还总是语带开朗，一副天真无邪的样子。那样子更加揪住我的心。

我边胡思乱想边打扫着客厅，然后烧洗澡水。在等洗澡水时，我坐在橘子箱上，点着微弱的石炭灯，把学校作业做完了。由于洗澡水还没滚，我便把《东绮谭》[①]重新读了一遍。书上写的事实绝不是什么恶心、肮脏的事，不过到处可见作者的装腔作势，让人有种老套、不可靠之感。也许是作者上了年纪的关系吧！但是，国外的作家，不管年纪有多大，还是会更大胆地撒娇、爱着对方。他们这样子，反而不会让人有讨厌的感觉。这部作品，在日本应该算是本好书吧！从作品底下可以深深地感受到真诚、淡泊，有种清爽的感觉，算是这位作家最成熟的一部作品，我很喜欢。我觉得这位作者是个责任感很强的人，由于他非常拘泥于日本的道德，因此反而故意表现出反抗之情，创作了许多令人忐忑不安的作品。这是情到深处者常会有的夸大表现，刻意地带上强烈的面具，结果反而使作品的个性转弱。不过，在这本《东绮谭》中有着寂寞的坚强，我很喜欢。

洗澡水开了。点亮浴室的灯，脱去衣服，将窗户全部打开后，我静静地泡在澡盆里，试着透过窗户窥视珊瑚树的绿叶，一片片的叶子，此刻因电灯的光线，正明亮地闪耀着。天上的星星闪闪发光。不管看了几次，都是闪闪发光。尽管我抬着头发呆，故意不去注意自己微微发白的躯体，但还是能恍惚地感觉到它确实存在于视线内的一隅。一沉默下来，逐渐发现它与小时候的白不相同，真叫我难以自容。肉体不理会自

① 永井荷风的代表作。描述一位住在向岛玉井露地村的娼妇有别于一般人日常生活的特殊人情习惯。

己的情绪，一个人自行成长，真是好难受，教我不知该如何是好。对于迅速成为大人的自己，我却什么也不能做，令人难过。除了听其自然，直盯着自己变成大人外，似乎已别无他法了。好希望身体能一直都像个人偶。

我试着学孩子那样将热水搅得哗啦哗啦地响，但心情还是倍觉沉重。渐渐地感觉到今后已没有活下去的理由，好痛苦。庭院对面的空地上，传来小孩哭喊的叫声："姐姐！"我胸口一紧。虽然不是在叫我，但我却很羡慕那个被孩子所哭唤、依恋的"姐姐"。如果我有个会依赖我、会撒娇的弟弟，只要有一个，我就不会每天过着这种不像样的、彷徨的生活。我会干劲十足地生活下去，然后一生尽我全力宠爱着弟弟。不管再怎么艰苦，我都能忍受。我用力地想着，然后深深觉得自己很可怜。

从澡盆里站起身，不知为何，今晚特别想看星星。试着走到庭院，抬头一看，星星好像要掉下来的样子。啊！夏天快到了。青蛙在到处鸣叫，小麦也沙沙作响，不管抬头看几次，星星总是闪耀着。去年，不，不是去年，已经是前年了。当我吵着要去散步时，尽管爸爸人在生病，他也依然跟我一起出去散步。一直都很年轻的爸爸，他教我德语"你到一百、我到九十九"的小曲，告诉我星星的故事，即兴吟诗给我听，撑着手杖，噗噗地吐着口水，眨着眼跟我一起散步。真是个好爸爸！我默默地仰头看着星星，鲜明地忆起爸爸的事情。从那之后，过了一两年，我渐渐变成了坏女孩，有很多很多属于自己的秘密。

回到房间，我托着腮坐在桌前看着桌上的百合。好香！一闻到百合的香气，就算一个人倍觉无聊，也不会有肮脏的情绪。这朵百合是昨天傍晚散步到车站时在回家的路上从花店买来的。之后，我的房间像变了个样似的清爽许多，一拉开纸门，马上就闻到百合的香味。我不知道这会有什么样的帮助，但这样一直看着它，不管是在精神上还是肉体上，我都觉得自己比所罗门王①还要奢侈。

我突然想起去年夏天的山形之旅。爬山的时候，我在山腰处看到一大片百合怒放着，内心大吃一惊，浑然忘我。但碍于山崖陡峭，怎样都无法攀登上去，就算自己再怎么被吸引，也只能静静地看着它们。就在那时，附近一位不认识的矿工默默地爬上山崖，唰！他摘来两手都抱不了的一大把百合花，然后，面无表情地将那些百合交给我。非常非常多的百合。不论是在多豪华的舞台还是在结婚典礼上，应该都没有人会拥有这么多的花。所谓因花朵而眩目，那时我才第一次体会到。当我两只手张开抱着那一大把纯白的花束时，我完全看不到前面。那位亲切的让我非常感动的年轻矿工，现在不知道怎么样了。虽然只有这样的机缘，但每当我看到百合时，一定会想起那位替我到危险的地方摘花的矿工。

---

① 大卫王的儿子，将伊斯拉鲁国带到最盛期。他建造了附有宫殿的神殿，实行行政改革、扩大贸易，缔造出被誉为“所罗门繁华”的黄金时代。

打开桌子抽屉，翻了翻里面，我看到了去年夏天的扇子。白纸上有位元禄时代的女人放浪地随便坐着，在那旁边，有两行用青色酸浆所提写的字。去年夏天的经历，就像烟雾般，从这把扇子冒出来，山形的生活、火车内、浴衣、西瓜、河川、蝉、风铃。霎时间，我好想带着扇子去搭火车。试着将扇子打开，感觉上还不错。啪啦啪啦，扇骨松开，扇子突然变得很轻。就在我东玩玩西摸摸时，妈妈好像回来了。她的心情好像不错。

“啊！累死了！累死了！”虽然妈妈这么说，但脸上没有丝毫的不高兴。谁教她喜欢帮别人做事，这也是没办法的。

“真是一言难尽！”她边说着边更换衣服，然后进去洗澡。

妈妈洗完澡后，我们两人喝着茶，奇怪地嘻嘻笑着。妈妈像是想到什么似的说：“你前些日子不是说想看《裸足的少女》吗？如果那么想去的话，就去看吧！不过，你今晚得帮妈妈按摩一下肩膀。工作完再去，会更快乐吧！”

我高兴得不得了。我一直都很想去看《裸足的少女》这部电影，但因为这阵子我都一直在玩，心中便有所顾忌。妈妈发现了这点，于是就故意吩咐我做事，好让我能大摇大摆地去看电影。真的好高兴！好喜欢妈妈，想到这儿，我禁不住笑了出来。

好像很久没有和妈妈两人这样度过夜晚了。妈妈的应酬实在太多。妈妈应该也是不想被人小觑，所以才一直这么努力的吧！妈妈的辛劳仿佛传到我的身体里，我非常了解妈妈的疲惫。要好好保重啊！刚刚今井田来时，我还偷偷恨着妈妈，真是丢脸。我嘴里小声地说着：“对不起！”我总是只考虑到自己的事，对妈妈一直是娇纵又不讲理的态度。

每次妈妈不知道有多么痛苦，而我总是这么强硬地拒绝她。自从爸爸过世后，妈妈真的变得很柔弱。有时我会自己想道：“好苦！受不了！”然后整个人搂住妈妈，但一旦妈妈稍微靠在我身上时，却又觉得讨厌，好像看到什么脏东西一样。我真是太任性了。妈妈也好，我也好，我们同样都是弱女子。从现在起，我要满足于只有两人的生活，随时为妈妈着想，和她聊聊以前的事、爸爸的事，即使一天也好，我也要过着以妈妈为中心的日子，好好地感受生存的价值。虽然我总是将妈妈放在心上，去关心她、想作个好女儿，但在行动上、言语上，我却一直是个任性的孩子。而且，这阵子的我，像个孩子似的，连个可爱之处也没有，净是肮脏、羞耻的行为。

所谓的痛苦、烦恼、寂寞、悲伤，这些究竟是什么样的东西？具体而言，就是死。尽管我很清楚地知道现在这种感受，但要用一个字表现时，我还是无法说出一个类似的名词或形容词。就是感到忐忑不安，到最后，突然清醒，为之丕变。以前的女人，就算被骂说是奴隶、没有自我的蝼蚁之辈、人偶，但比起现在的我，她们还是非常具有女人天性，且心中宽裕，有着逆来顺受、坦然应对的睿智，她们知道纯粹牺牲自己的美，以及无报酬、全然奉献的快乐。

“啊！好个按摩师！真是天才啊！”妈妈又再戏弄我了。

“是吗？因为我很用心地在做啊！不过，我的厉害之处不只在于腰部上下的按摩喔。只有那样，就太没用了，我还有更厉害的地方喔！”

我试着直率地想到什么就说什么。这些话爽朗地在耳畔响起，这两三年来，我已经不再这么天真、干脆地说话了。在一番自我顿悟、释放之后，说不定会有平静的新自我产生出来，我高兴地想着。

今晚为了种种原因要向妈妈道谢，在按摩完后，我顺便为她念了点《Cuore》[①]。妈妈知道我在念这本书后，脸上露出总算安心的表情。前几天在我念《喀什尔的旋花》[②]时，她轻轻地从我这儿拿起书，看了一下封面后，脸色便显得相当凝重。不过她什么也没说，沉默地将书原封不动地还给我。当时我不太高兴，也就没有再继续阅读下去的心情了。妈妈应该没看过《旋花》这本书，但感觉上她好像知道里面的内容。

在寂静的夜晚，我一个人发出声音念着库尔的小说，当自己的声音非常大时，旁边还会有回音萦绕。念着念着，有时感到无聊了，便会对妈妈觉得很不好意思。由于四周非常安静，使得我的愚蠢变得相当突

① 少男少女小说。艾德蒙托·德·亚米契斯（Edmondo de Amicis）的作品，于一八八六年出版，以《爱的教育》为书名，为广大读者所熟知。

② 《喀什尔的旋花》，法国作家约瑟夫·凯瑟尔（Joseph Kessel）的作品。“旋花”是指描写女性内心深处的肉欲与理智的纠葛。

出。不管何时阅读库尔的书，小时候所受到的感动，还是依然让我心潮澎湃。想到自己的心还是天真美丽的，不禁感觉真好。不过念出声和用眼睛看实在有着不同的感觉，我在惊讶之余，便止住了阅读。然而，妈妈却在听到安利可以及加洛恩的地方时，开始俯首哭泣。我妈妈也跟安利可的妈妈一样，是个优秀美丽的母亲。

后来妈妈先行休息。因为一大早出门的缘故，她显得相当疲累。我替她铺着被褥，并啪哒啪哒地轻拍被褥的尾端。妈妈她总是一上床就合起眼睛。

接着我到浴室洗衣服。最近我有个怪癖，总是习惯在近十二点时才开始洗衣服。白天洗得哗啦哗啦的，总觉得浪费了时间，很可惜。不过，这也许正好相反也说不定。透过窗户可以看到月亮。我蹲坐着，一边洗着衣服，一边偷偷地笑着月亮。月亮一脸无知的样子。

我突然想到，在这相同的一瞬间，也许在某个地方也有可怜、寂寞的女孩，同样地边洗着衣服边偷偷地笑着这月亮。我相信她的确是在笑，她是位在遥远的乡下山顶上，于深夜静静地在后门洗涤衣服的痛苦小女孩。然后，在巴黎小巷的某间杂乱公寓的走廊上，也有一位和我同年的女孩正一个人悄悄地洗着衣服笑着这个月亮。我一点都不感到怀疑，就像真的从望远镜内看到一样，色彩清楚鲜明地浮现在眼前。谁都不知道我们的苦恼，如果我们现在立刻变成大人的话，我们的苦恼、寂寞说不定就会变得很可笑，一切只能追忆。可是，在成为大人前，该如何度过这段漫长讨厌的时间呢？谁都无法告诉我们。似乎只能置之不理，就像出麻疹一样。可是，也有人因麻疹而死、因麻疹而失明，放任不管是不对的。

尽管我们每天这样闷闷不乐，动不动就生气，但在这期间，因失足堕落造成无法挽回的遗憾，就此断算一生的却大有人在。甚至还有人心一横就自杀了。等到悲剧酿成之后，世上的人们就会很惋惜地说："啊！如果再活久一点就会了解了，再更成熟一点，自然就会知道了！"然而就当事者的立场来看，我们可是好痛苦、好痛苦地熬到那个时候。我们拼命努力侧耳倾听，试图从这世上获取某些东西，反复地记取不痛不痒的教训，唉、唉地自我安慰，但我们就是常犯着可耻的过错。我们绝不是享乐主义者，若遥指着那遥远的山峰，说着走到那边会有好风景的话，我们一定会照着去做，我们知道那绝不是谎言。可是此刻我们的肚子却是非常疼痛，对于腹痛，你就算看到也会视而不见，然后告诉我们："喂喂，再忍耐一下，能爬上山顶的话，就会好了。"一定是有人搞错了，最坏的是你。

洗完衣服，将浴室扫一扫，我悄悄地拉开房间的纸门。一拉开门就闻到百合的香味，好清爽，连内心深处都变得透明，有种崇高的虚无感，真是一个好装饰。当我静静地换上睡衣时，睡得香甜的妈妈突然闭着眼睛说起话来，我吓了一跳。妈妈时常会做出这样的事让我感到讶异。

“听到你说想要双夏天的鞋子，今天到涩谷时，我就顺便看了一下。鞋子好贵喔！”

“没关系啦！我没那么想要。”

“可是，没有的话，会很烦恼吧！”

“嗯！”

明天，又是同样的一天。幸福，这一生都将不会来吧！这我明白。不过，还是愿意相信它一定会来，明天就会来，我要带着这个信念睡觉。我故意大声地躺在棉被上。啊！真舒服。因为棉被冷，所以背部感到一阵寒意。我突然感到一阵恍惚，朦胧地想起“幸福迟了一夜才来”这句话。等待着幸福，后来终于按捺不住地跑出家门。隔天，美好的幸福讯息终于来到这个已被舍弃的家中。已经太迟了！幸福迟了一夜才来。幸福是……

庭院中传来卡儿的脚步声，啪哒、啪哒、啪哒、啪哒。卡儿的脚步声是有特征的，由于它的右前脚比较短，前脚是呈O型的螃蟹状，因此脚步声中总带有些许的寂寞。它常在这样的深夜徘徊在庭院之中，究竟是在做什么呢？卡儿真可怜。虽然今天早上捉弄了它，但明天我会好好疼爱它的。

我有个悲伤的毛病，若不将双手紧紧地盖在脸上，我会睡不着。我盖着脸，一动也不动。

快要睡着时的心情，是很奇怪的，就像鲫鱼、鳗鱼用力拉扯钓线般，总觉得有一股很重的、像铅一样的力量透过钓线在拉扯着我的头。一用力拉，我就迷迷糊糊地睡去，稍稍放松线，我又突然恢复了精神。再用力拉，我又迷糊睡去。然后再放一些线。重复个三四次之后，开始被大力拉起，然后一觉到天亮。

晚安！我是一个没有王子的灰姑娘。明天，我会在东京的哪里呢？您知道吗？我们将不会再见面。

千代女

女人毕竟还是不行的。

女人之中，也许只有我这个女人是不行的。着实地觉得自己很没用。尽管这么说，但在内心某个角落里，我还是期待自己能有某个长处。我可以感觉到这份顽固，扎实地盘据在我心头，弄得我越来越不知所措。我觉得现在头上仿佛顶了一个生锈的锅子，非常地沉重，怎样都甩不掉。一定是我脑筋不好，真的是脑筋不好。明年就要十九岁了，我已经不再是个孩子。

十二岁时，柏木舅父把我的文章投稿到《青鸟》，结果得了一等奖，被了不起的审稿老师几近可怕的褒奖，但从那之后就变得一蹶不振。那时候的文章，真是丢脸。那样子，真的是好吗？到底哪里好？文章的题目是《跑腿》，但我只写了一点点关于替父亲跑腿去买香烟的事。我从烟草店的伯母那边拿了五盒香烟，由于盒子全是绿色的，感觉看起来很冷清，我便退还一盒，想要换个红色香烟盒，可惜钱不够，真伤脑筋。后来伯母笑着说："下次再付。"为此我感到非常高兴。

绿色盒子上叠着一个红色盒子，放在我的手掌上，就像樱草般美丽。我的内心波涛汹涌，几乎寸步难行。写了这样的事情，感觉很孩子气，非常地娇纵，现在我每回想起，都还会局促不安。有了那篇文章之后，我又因柏木舅父鼓励，再次投稿了一篇《春日町》。这次不是登载于投书栏上，而是用大字体被刊载在杂志的首页上。《春日町》这篇文章是说池袋的叔母搬到练马的春日町，庭院宽广，要我一定要到那边玩，我便在六月的第一个星期日试着搭车前往。我从驹込车站，搭着省线，然后在池袋车站换搭东上线，在练马车站下车。因眼前一望无际的田地，我不知道春日町是在哪一边，向田里的人打听，也没人知道那地方，我害怕地想哭。

那是炎热的一天。最后，我试着询问一位拖着满载汽水空瓶的拉车的年约四十的男人，他寂寞地笑着，停下来，用灰黑污秽的毛巾擦拭着涔涔汗水的脸颊，喃喃念着春日町、春日町地思考了一会说："春日町非常远。可以从练马车站搭东上线往池袋，到那边再换搭省线到新宿，然后搭往东京的省线，于水道桥下车。"他用不流畅的日语，努力地为我说明这是非常遥远的路程，他强调说："不管怎样，那才是到达本乡春日町的路径。"听到他的话，我马上就知道他是朝鲜人。因此，我胸中更是满怀感激。即使日本人知道，为了怕麻烦，都会推说不知道，可是这位朝鲜人，虽然不知道，但还是努力冒着涔涔汗水，拼命地向我解说着。我对叔叔说了声“谢谢”后，便照着叔叔所教我的，往练马车站走去，然后搭东上线，回到家。

我觉得好像真的到过本乡的春日町了。回到家之后，不知道为什么，我突然觉得很悲伤，身体很不舒服，我便把那件事很诚实地写了出来。之后那篇文章被以大字体刊登在杂志的第一页上，变成了不得的事。

我家是位在泷野川的中里町，父亲是东京人，母亲则出生于伊势。父亲在私立大学担任英语老师。我没有哥哥、姐姐，只有个身体虚弱的弟弟，今年就读于市立中学。我不讨厌我的家庭，只是觉得很寂寞。以前家人的感情很好，真的很好。我会对父母亲尽情地撒娇，说些好笑的事情，逗大家开心，也会对弟弟很温柔，当个好姐姐。但自从那篇文章被刊载在《青鸟》上后，我就突然变得很胆小，成了讨人厌的孩子，甚至还会与母亲争执。

《春日町》刊载于杂志上时，该杂志的审稿者岩见老师写了多出我文章内容二三倍的读后感，我看了之后，心情变得很落寞。我想老师在骗我，岩见老师应该是一个比我更心地善良、单纯的人。

之后，学校导师泽田老师在作文课时，拿了那本杂志到教室，将我的《春日町》全文抄在黑板上，兴奋地用怒斥般的声音夸奖了我一个小时。我觉得呼吸困难，眼前一片朦胧黑暗，有一种自己身体好像要变成石头那样恐怖的感觉。尽管被这样赞美，可是我知道那并没有什么价值。如果以后写了差劲的文章，被大家耻笑，那会有多丢脸、多痛苦啊！我一直担心着那样的事，连活下去的心情都没有。

说到泽田老师，他其实并不是对我的文章感动，而是因为我的文章被以大字体刊登在杂志上，受到有名的岩见老师夸奖，他才表现得那么兴奋的。我幼小的心灵大概可以察觉到老师这种心情，只是这样更让我感到落寞、受不了。我的担心之后全变成了事实，终于发生了满是痛苦、羞耻的事。

学校的朋友突然跟我变得很生疏，连之前我最好的朋友安藤也坏心眼地用嘲笑的口吻叫我一叶小姐、紫式部小姐。她突然从我这边逃开，加入以前很讨厌的奈良、今井所组成的圈子，远远地瞧着我窃窃私语，然后一起哇地叫着，发出低俗的嘲笑声。

那时我便决定一生都不要再写文章，不再因柏木舅父煽动，迷迷糊糊地投稿。柏木舅父是母亲的弟弟，在淀桥的区公所工作，今年好像三十四岁还是三十五岁的样子。尽管去年才生了小宝宝，但他还是像年轻人那样，常常因喝了太多酒，被老板解雇。每次他来，好像都会从母亲那边拿一些钱回去。

舅父读大学时，曾经努力要当个小说家，那时也颇受前辈们期待，可是后来因为交了坏朋友，就没有继续下去，大学也读了一半就退学了。这些是从母亲那边听来的事。他好像阅读了很多日本小说和外国小说。七年前，将我差劲的文章胡乱投稿到《青鸟》的就是这个舅父。

此后的七年，一有什么事就找我麻烦的也是这个舅父。我那时很讨厌小说，尽管现在已有些改变，但是碍于当时因为糟糕的文章连续两次被刊登在杂志上，害我被朋友欺负、受到导师特殊对待，故而心情沉重痛苦，非常讨厌写作。

往后不管柏木舅父再怎样有技巧地煽动我，我也绝不投稿。若被过分啰唆劝说，我还会大声地哭泣。在学校的作文课，我也是一字一句都不写，只在作文本上画着圆形或三角形的娃娃脸。为此，泽田老师还把我叫到教师办公室，斥责我说："不要骄傲，请自重。"我觉得很后悔。不过没多久我就从小学毕业，终于从那样的痛苦中逃离出来。

在我进了御茶水女校后，发现班上并没有任何人知道我写过无趣的文章并得奖这件事，总算松了一口气。作文课时，我很轻松地写着作文，也获得了普通的得分。只有柏木舅父一直啰唆地嘲弄我。每次来家里时，都会带来三四本小说，要我去读读。这些书对我来说太难了，读了也看不太懂，我随便翻阅浏览后，便还给了舅父。

当我读到女校三年级时，突然看到《青鸟》的审稿者岩见老师写给父亲的长信，里面说什么觉得我有难得的才能，又什么很难为情，无法好好地对我说出口。他极度褒奖我，然后用一些不符合自己身份的客气言辞，认真地说："这样被埋没是很可惜的。请再让她多写些文章，我会帮她安排发表的杂志。"父亲默默地把那封信交给我。我读了那封信，觉得岩见老师真是个严肃的好老师，然而从信的内容，可以清楚地知道，这一切都是舅父多管闲事。舅父一定花了很多工夫去接近岩见老师，然后用了很多的计谋，请他对父亲写了这样一封信。一定是这样的。"是舅父拜托的，一定是这样。舅父为什么要做出这样可怕的事呢？"我以想哭的心情，抬头望着父亲，父亲也一副了然于心的样子，微微地点着头，不高兴地说："柏木弟应该不是故意这样的。不过，要我去跟岩见老师打声招呼，真是伤脑筋。"

父亲之前好像就不太喜欢柏木舅父。我的文章入选时，母亲和舅父都非常高兴，可是父亲却斥责舅父，说什么不要让我做这类刺激性强的事情。母亲之后不太高兴地这么告诉我，虽然母亲老是数落舅父的事，但每次父亲只要一说舅父的坏话，母亲就会非常生气。母亲是个温柔活泼的好人，可是只要提到舅父的事，就会常常为此和父亲起争执。

舅父是我们家的恶魔。在收到岩见老师那封客气信的两三天之后，父亲与母亲终于起了很大的争执。晚饭时，父亲说："岩见老师这么有诚意地跟我们说明，为了不要太失礼，我得带着和子去道歉，清楚地表明和子的心情。若只因一封信而横生误会，让对方不高兴就麻烦了。"

母亲垂着眼帘，想了一会儿说："这是弟弟的不对，真的是给大家惹了麻烦。”她抬起脸，随意地用手拨弄着垂下的发丝，继续接着说：“不过，我们是笨蛋吗？和子被那么有名的老师褒奖，不是应该要有之后请您多多照顾的心情才对！可以发展的话，就应该要努力尽量发展。但老听到你在责备，未免也太固执了些！”母亲很快地说完这番话，然后淡淡地笑着。

此时，父亲停下筷子，以教训的口吻始说道：“说试着发展看看，到头来一定会什么都不是。什么女子的文才，根本就是不知天高地厚。这是因为一时的特别而引起的骚动，最后只会把一生弄得乱七八糟。和子她也觉得很害怕。女孩子平凡地嫁人，当个好母亲就是最好的生活方式。你们是在利用和子来满足自己庞大的虚荣心和功名心。”

母亲完全不理会父亲所说的话，她突然伸长手，去拿我旁边的炭炉锅。“哎呀！”母亲用右手的拇指和食指压着嘴唇，面向旁边说着：“啊！好烫，烫到了。不过，说到弟弟，他也没有什么恶意的。”父亲这次把碗和筷子放下，大声地说道：“要说几次你才明白。你们打算把和子给吃掉吗？”他用左手轻压住眼镜，准备再继续说什么时，母亲突然哭了出来。

她边用围裙擦拭着泪水，边提到父亲薪水以及我们衣服费用的事，把很多关于钱的事都非常露骨地说出来。看到父亲抬起下颚，做出要我和弟弟到旁边的暗示，我便催促着弟弟，带他上去读书间。可是才走到茶室，就听到之后持续了一个小时左右的争吵。母亲平常是一个非常简单爽快的人，只是心情一激动，就会说出一些让人听不下去的、极端荒唐的话来，让我感到非常难过。翌日，听说父亲已经在学校回来的路上，去岩见老师那边向他答谢与致歉了。早上父亲本来是要我一起去的，可是我莫名地感到害怕，下唇不停地颤抖，完全没有拜访岩见老师的勇气。父亲那天晚上七点左右才回来，他对母亲跟我说，岩见老师虽然还很年轻，但是一个相当出色的人。他也很了解父亲的心情，反而主动向父亲致歉，表示自己若真的有女儿的话，也不会要她走文学的路。他没有清楚说出名字，不过应该是受到柏木舅父再三拜托，最后没办法才写信给父亲的。我抓住父亲的手，父亲在眼镜背后，悄悄地眯着眼睛对我微笑。母亲像是什么都忘记般，以一副沉稳的态度，频频对父亲的话点头，再也没有多说什么。

从此之后有一段时间再也没有看到舅父。就算来到家中，也对我异常冷淡，很快就回去了。我已完全忘记写作的事，从学校回来之后，整理花圃、出去跑腿买东西、帮忙做菜、当弟弟的家庭老师、缝纫、准备功课、替母亲按摩、很忙碌地帮着大家，过着干劲十足的每一天。

可是，暴风终于还是来了，是在我读女校四年级时的事情。一月时，小学的泽田老师突然来家里拜年，父母亲觉得很难得，也很怀念，高兴地招待泽田老师。泽田老师提到自己很早就辞去了小学的工作，目前在各地担任家庭老师，很悠闲地过活。不过，就我的感觉，不好意思，我觉得他看起来不像是很悠闲的样子。尽管他与柏木舅父差不多年纪，但却让人觉得他像过了四十岁，不，接近五十岁的人。以前泽田老师就是个很显老态的人，四五年没见，他更像是老了二十多岁，一副非常操劳的样子。他笑起来显得很无力，像是在强颜欢笑，脸颊上交叠着痛苦、坚硬的皱纹，与其说可怜，应该说更教人觉得讨厌。他的头依然保持短短的平头，但冒出很多白发，有别于过去，他一直绕着我的话题打转，使得我不知该如何是好，觉得很痛苦。他夸奖我很有才能、很优秀，尽说些一听就看透的客套辞令，好像我是老师的长辈一样，愚蠢地客气待我。他又不识相地对父母亲拉拉杂杂地提到我小学时代的事，扯出我已经完全忘掉的那篇文章的事。啰唆地说着："那真是难得的才能。那个时候我对儿童文章不太关心，不知道那种可以借着作文来提升儿童心智的教育方法，不过现在已经不同。我对儿童的作文，已经有了充分研究，对于这种教育方法也有了相当的自信。怎样，和子，要不要在我的新指导下，再开始学习写作呢？我一定喝太多了，竟然讲出这样夸张的事。唉！还是让我们握个手吧！"父母亲虽然笑着，但心里却一副什么都不想多说的样子。不过，当时泽田老师的醉话并不只是随口说说的玩笑话，过了十天左右，他竟煞有其事地到家中对我说："让我们开始进行一些作文的基本练习吧！"使我一时间不知所措。

后来我才知道，泽田老师在小学里面因为学生考试读书的事发生问题而被学校解雇。为维持生计，只好拜访以前所教过的孩子家，勉强以家庭老师的姿态，继续谋生。新年时他来到家中，之后好像就偷偷写了封信给母亲，对我的文才赞不绝口，又举出当时文章的流行、天才少女的出现等例子，扇动母亲。母亲从以前就对我的文笔感到可惜，于是便响应泽田老师，请他当一星期一次的家庭教师，然后告诉父亲说：“这样也可以帮助泽田老师。”父亲考虑到“泽田老师是和子以前的老师，不好拒绝”，最后终于勉强同意让泽田老师来教我。泽田老师每周四都会过来，在我的书房里啰啰唆唆地讲些无聊的事，让我觉得很讨厌。他将所谓的文章，首先就是要能准确地运用助词这种想当然尔的事情，煞有其事地反复地说着。

太郎玩庭院，错；太郎往庭院玩，当然也是错的；一定要说太郎在庭院游玩。我窃笑着，他马上用一种非常愤恨的眼神，像是要刺穿我脸庞般，直视着我，然后深深叹了口气说：“你不够诚实。不管才能有多丰富，人只要不诚实，做什么事都不会成功的。你知道寺田正子这个天才少女吗？她出身穷困，想要读书却连一本书都买不起，有着不顺遂的可怜身世，但因为她很诚实，好好地把握住老师所教的东西，才得以完成了那么多的名作。指导她的老师，是多么认真努力啊！你如果能再诚实点的话，我会让你成为寺田正子那样的人。不，你的环境又那么好，一定可以让你成为大作家的。我会比寺田正子的老师更多用点心来教导你，那就是德育。你知道鲁索这个人吗？约翰·杰克·鲁索，公元一六〇〇年？不，是公元一七〇〇年？一九〇〇年？笑啊！尽管大笑啊！你就是太仗势自己的才能，轻蔑老师了。以前中国有位叫作颜回的人……”说了这类杂七杂八的话，一小时过去后，他突然停下来，只说句“下次再继续”，便离开书房。

他在茶室与母亲闲聊一会儿后就回家去。虽然批评小学关照过我的老师不太好，但我真的觉得泽田老师有些痴呆。像是“对于文章，描写是很重要的。不会描写，就会不知道该写些什么”等，他说些已经过时的东西，还得边看小记事簿边讲解。“比方说，在形容下雪的时候，”他把记事簿放进胸前的口袋里，继续说，“猛然看到细雪像演戏般纷纷落下的情景时，不能说雪哗啦哗啦地下。那样没有雪的感觉。说咚咚地落下，也不对。那么，轻飘飘地落下，如何？还是不太好。绵绵地，比较接近，慢慢有雪的感觉，这很有趣。”他一个人摇着头，两手交叉喃喃自语地低咕：“淅沥淅沥地，如何？这又好像在形容春雨。还是，绵绵地比较好。嗯！绵绵地、轻飘飘地，连在一起也很好。绵绵地轻飘飘地。”他似乎很热衷于玩味这个形容的样子，眯着眼说着。突然间，他又想到什么，又重新面对我说：“不行，这样还不够贴切。啊！雪花像鹅毛般飞舞飘散，如何？古文里的确是这样写的。还是用鹅毛比较贴切。和子，明白了吗？”不知道为什么，我觉得老师好可怜、好可恨，让我有一股想哭的冲动。尽管如此我还是继续忍耐着接受了三个月左右的无聊的满是胡说八道的教育，最后，不管怎么样，我连看到泽田老师的脸都觉得很讨厌。

我终于向父亲全盘拖出，希望能拒绝泽田老师再来。父亲听到我的话，大感意外。父亲本来就反对请家庭老师这件事，只是碍于帮助泽田老师生计这个名目才决定请他来的。“没想到他是这样无责任的教导写作教育，本来还以为他会每周一次帮助和子进行一些功课的学习。”于是，父亲又和母亲起了严重的争执。我在书房听着茶室的争吵，边思考边哭泣。为了我的事引起了这样的骚动，我感觉世上再也没有像我这样恶劣不孝的女儿了。既然如此，我应该要更专心地学习作文、小说，让母亲高兴。可是，我办不到，我已经什么都写不出来了，打从一开始我就没有文才。说到下雪的形容，泽田老师还比我厉害呢！自己明明什么都不会，还要嘲笑泽田老师，我真是个愚蠢的女孩，连绵绵地轻飘飘地这样的形容都想不到。我听着茶室的争吵，深深地觉得自己真是个没用的女孩。

那时，母亲吵不过父亲，泽田老师就再也没有出现，可是坏事还是继续发生。在东京的深川，有位叫金泽富子的十八岁女孩写了非常好的文章，大受好评。那人的书，卖得比任何伟大的小说家还要多，一跃变成有钱人。柏木舅父像是自己变成了有钱人般，一脸得意地到家里来告诉母亲这项传闻，使得母亲再次感到兴奋。她一边在厨房善后，一边非常认真地说着：“说到和子，她有能写的文才，可是为什么却是这样？

现在和以前不同，女孩子不用一直窝在家中。由柏木舅父来教，练习写写看也好。柏木舅父与泽田老师不同，他是读到大学的人，不管怎么说，还是会比较可靠。如果变成了那样有钱的话，爸爸一定会瞪大眼睛看的。”

从此柏木舅父几乎每天都会出现在我家，把我带到书房对我说：“先写日记，把看到的感想直接写出来，这样就已经是好的文学了。”接着他又告诉我很多深奥的理论，可惜那时我一点写作的心情都没有，一直敷衍地听着。由于母亲是个五分钟热度的人，当时的兴奋，持续了一个月后，便消失得无影无踪。只有柏木舅父，岂止说清醒，他还一脸认真地表示：“这次我越来越有决心让和子成为小说家。和子是最后一定会变成小说家的女人。难得有这样聪明的孩子，绝不能只当平凡的太太，一定要放弃一切，专注在艺术的道路。”趁着父亲不在家时，舅父大声地告诉我和母亲。被这样严厉地说，母亲大概心情也不太高兴，落寞地笑着说：“是啊！可是这样和子不会很可怜吗？”

也许真被舅父说中。我翌年自女校毕业后，也就是现在，强烈地憎恨着舅父那个恶魔般的预言，又在内心的角落里偷偷地相信也许真的是这样。我是个没用的女人，头脑一定不太好，连自己都不明白自己。离开女校后，我突然变了人。每天都觉得很无聊，帮忙家事、整理花圃、学琴、照顾弟弟，这一切全都好愚蠢，我瞒着父母，沉浸在爱情小说里。

小说为什么一定要那样净写着人的秘密坏事呢？我变成一位只会胡乱幻想的、肮脏的女孩。此刻，我突然想照舅父所教导我的，把我所看到的事、想到的事就此写下，向神明告罪，可我没那个勇气。不，是我没有那个才能。而且，头上像是盖了个生锈的锅子，怎样都理不清头绪。什么都写不出来。这一阵子，我想要试着写写看。前几天，我悄悄地排好笔，以睡眠箱为题，把一个无聊的夜里所发生的事情写在记事本里给舅父看。舅父才读了一半就丢开记事本，一脸认真扫兴地对我说："和子，你最好放弃当个女作家。"接着，舅父又边苦笑边像是在对我提出忠告般说道："文学这种东西，没有特别的才能是不行的。"现在父亲反而还会一派轻松地笑着说："如果喜欢，试试也无妨。"母亲有时在外面听到金泽富子，还有其他的女孩一跃成名的传闻时，也会回来兴奋地说："虽然和子能写，但是没有耐性就没办法。以前加贺千代女[①]开始到师父那边学俳句时，曾被要求以杜鹃为题做一首俳句来看看，她迅速地做了很多的俳句给师父看，可是，师父却一直没有称好。因此，千代女一夜没睡地思考，回过神，天色已亮，她随手写出杜鹃，杜鹃鸣时，天已明。拿给师父看，终于被师父褒奖：'千代女写得好！'所以说，做什么事都需要有耐性。"

母亲喝了一口茶，低声喃喃念着："杜鹃，杜鹃鸣时，天已明。的

① 江户中期的女俳人，加贺松任人，句集有《千代尼句》《松之声》。

确，写得真好。”她显得相当佩服的样子。可是，妈妈，我并不是千代女，我是一个什么都写不出来的低能文学少女。

烤着暖炉，读着杂志，因为睡不着，写了《暖炉是人的睡眠箱》这篇小说，结果舅父只看了一半就把它扔了。之后我试着读，也觉得它的确不怎么有趣。要怎样才会使小说写得好呢？昨天我偷偷地寄了封信给岩见老师，写着请不要舍弃七年前的天才少女。也许现在我已经变得疯狂。

招待夫人

太太本来就是个好客的人……不对，就太太的立场而言，与其说她好客，不如说她很畏惧客人。

每当玄关铃声响起，我出去应门，然后回屋里告诉太太访客的名字时，太太就会像惊弓之鸟一样异常紧张，开始整理鬓发、调整领襟、挺起腰杆，我的话还没听到一半，就起身小碎步地跑到玄关，用一种似哭似笑，像笛子般的奇怪声音迎接客人。接着，她会露出慌乱的眼神，穿梭在会客室与厨房之间，一下弄翻锅子，一下打破盘子，然后对身为管家的我说：对不起，对不起。等到客人回去之后，她又会一个人颓然地倒卧在会客室里，不善后也不做任何事，甚至有时候还噙着眼泪哭泣。

听说主人是乡里大学的老师，家里很有钱，再加上太太娘家也是福岛县的富农，两人又没有孩子，夫妻俩就像不知疾苦的孩子一样，悠闲地生活着。我来这个家帮忙时正是四年前战争最激烈的时候，尽管主人是属于第二国民兵的孱弱体格，但仍突然被征召，还运气不好地被派到南洋群岛。没多久战争结束后，他却行踪不明了。当时的部队长还写了张明信片给太太，上面简单地写着：也许可以考虑放弃。后来太太对待客人的态度变得越来越疯狂，看起来叫人好生同情。

在那位笹岛医生出现在这个家之前，太太的交际范围只限于主人的亲戚和太太家里的人。主人去南洋群岛之后，在生活方面因为有太太娘家送来的物品，倒还比较轻松，太太宁静地过着高质量的生活。但在遇到笹岛医生之后，一切就变得乱七八糟。

虽然这里是在东京的郊外，但由于距离市中心较近，又很侥幸地避开战争的灾难，因此市中心里遭到空袭的难民，全都像洪水般涌到这边。走在商店街时，来往的行人感觉上都变得很奇怪。

大概是去年的某个傍晚，太太在市场里遇到十年未见的主人的朋友笹岛医生，太太请他到家里小坐起，便开始日后的噩梦。

笹岛医生与主人都是四十岁左右的年纪，听说也是在主人工作的地方当大学老师，不过，主人是文学士，笹岛是医学士，两人中学时是同班同学。主人在这边成家之前曾与太太在驹込的公寓小住了一阵子，当时笹岛医生也一人住在同栋公寓里，彼此曾有一小段时间密切往来。等到主人搬到这边之后，大概是因为研究的领域不同，就没有再互相拜访，只是些礼貌性的往来。

经过了十几年，偶然在这城里的市场看到太太，他便出声打了招呼。被人叫住，太太只要简单响应就好了，点到为止就好了，可是她之前的招待癖又犯了，明明无意挽留客人，但因不好意思，反而又拼命地留住客人，直说着："我家就在附近，要不要来坐坐？"于是笹岛医生便穿着和服外套，带着购物篮，以一副奇怪的打扮来到家里。

"哎呀！真是非常好的住宅啊！能避开战争的灾难，真是好运气啊！也没有同居的人呢！这样实在太奢侈了。不，这本来就是女人的家庭，而且这样整齐清洁的家，反而很难找到同居的人。如果让我住在这边，应该会觉得很不自在吧？不过，我真没想到太太就住得这么近。我有听说您家是在M町，但是，人啊！就是很迷糊，我流浪到这边已经快一年了，却完全没注意到这边的门牌。我常常路过这屋子的前面。去市场买东西时，一定会路过这边的路喔！唉，我在这次的战争里遇到很大的不幸。结婚之后就立刻被征召，好不容易回到家，屋子却被烧毁。太太在我离家时便带着刚出生的儿子逃到千叶县的娘家避难，就算把他们叫回东京，也没有房子可以住，不得已只好一个人在那边的杂货店里借个三叠大的房间过着自炊的生活。今晚本来想做一个鸡肉锅好好畅饮一番，于是就提了这购物篮徘徊在市场里，真是讨厌啊！竟然变成这样，连自己是生是死都不知道！"他两脚交叠盘坐在会客室里，净说些自己的事。

"真是可怜！"太太说着。很快地，严重的招待癖又犯了，她眼神慌乱，踏着小碎步急急地走到厨房来。

“小梅，对不起！”她先跟我道歉，吩咐我准备鸡肉锅和酒，接着就转过身奔回会客室。不一会儿她又跑回到厨房来，嘱咐我生火、拿出茶具等极其普通的事。她那既兴奋又紧张的神情已经超出令人同情的范围，甚至让人感到有些厌烦。

笹岛医生也很厚脸皮，他大声说：“哎呀，是鸡肉锅吗？真不好意思，太太，我吃鸡肉锅一定要放蒟蒻的，麻烦了。如果有烤豆腐也好，只有葱会让我不习惯。”

太太连话都还没全部听完，就像跌进厨房般跑过来说：“小梅，对不起！”她露出一副不好意思的样子，哭丧着脸孩子似的拜托我。

笹岛医生表示：用小瓷杯喝酒很麻烦。于是他便用杯子咕噜咕噜地喝起酒来。他随意地整理了一下桌子说：“原来如此，您先生最后生死不明啊！哎呀，那十之八九是战死了。不过那也是没办法。太太，不幸的不只你一人啊！”

“我啊，太太……”接着，他开始说出自己的遭遇。

“无家可住、与最爱的妻子分居、家财家具被烧、衣服被烧、被褥被烧、蚊帐被烧，一无所有。我啊！在借宿于那家杂货店之前，可是睡在大学医院的走廊上的。医生比患者生活得更凄惨，还是当个病患比较好。啊！实在是无趣，太惨了。太太，你啊，算幸运的了。”

“嗯，是啊！”太太急忙应声，“我也这么觉得。与大家相比，我实在太幸运了。”

“是啊！是啊！下次我带我的朋友一起来。他们啊！全都是不幸的伙伴。实在不得不请你多照顾啊！”

太太呵呵呵地像是非常开心地说：“哪里，别这么说……”

接着她又沉稳地表示：“这是我的荣幸！”

从那一天开始，我们的家就变得乱七八糟。

本以为喝醉酒的玩笑话不代表什么意义，可是过了四五天，他还真厚颜无耻地带了三个朋友一起来，吆喝着：“今天医院举行忘年会，今晚要在府上再开第二摊，太太，让我们就此畅饮一整夜吧！今天就麻烦您了，找不到吃下一摊的合适屋子，很伤脑筋！喂！各位，在这边不用客气，上来，上来，会客室在这边。穿着外套也没关系。”

他俨然像在自己家一样招呼着客人。朋友之中有一位女人，好像是护士，他还当着大家的面调戏那女人。接着，他又对已经提心吊胆，勉强赔笑的太太像随从般使唤。

“太太，对不起。请将火炉点上火。还有，麻烦你准备酒。如果没有日本酒的话，烧酒、威士忌也没有关系。至于吃的东西，啊！对对，太太，今天晚上我们带来了很好的礼物，请尝尝鳗鱼烧。这是天冷的时候才有。一串给太太，一串我们自己享用。还有，喂，不是谁有带苹果来吗？赶快拿给太太。那在印度，可是最好最香的昂贵苹果。”

待我端着茶到会客室时，不知道从哪个人的口袋里滚出了一颗小苹果，停在我脚边，真想把那颗苹果一脚踢开。之后我又看到那只有一个，却寡廉鲜耻地吹说是礼物的鳗鱼，它薄薄的，是半干的，像鳗鱼干那样丢脸的东西。

那晚他们一直吵闹到黎明时分，太太也被强灌酒，等到天色渐亮，他们才以火炉为中心，一群人乱七八糟男女夹杂地倒睡在一起。太太也被强拉进那个杂睡圈里，她一定都没有睡着。其他的人一直沉睡到中午过后才醒来，之后吃了茶渍饭，好像都还有些醉意，每个人都显得有些无精打采。可能是我露出愤愤不平的样子吧！他们面对着我，全都低着头像是没精神的腐鱼，成群结队地回去。

“太太，为什么要和那些人杂睡在一起？我很讨厌那样乱七八糟的事。”

“对不起。我没办法拒绝……”听到她顶着睡眠不足、疲惫不堪的苍白脸庞，眼睛里含着泪水这么说，我也无法再说什么。

在那之后，野狼的来袭越变越凶猛，这个家似乎已变成笹岛医生朋友的宿舍。笹岛医生没来时，笹岛医生的朋友也会来住宿，每次来时，太太都会陪他们一起杂睡，可是太太却怎样都睡不着。原本就不是个身体强健的人，等到没有客人时，她更是一直在休息。

“太太，您真的变得很憔悴。请别再和那样的客人往来了。”

“对不起，我做不到。大家都是不幸的人，不是吗？来我家玩可能是他们唯一乐趣。”

真是愚蠢！太太的财产现在也很让人担心，尽管再这样子下去半年，就要到卖房子的地步，她还是丝毫不让客人知道这样的窘迫。她的身体已经变得很糟，但只要客人一来，她仍会马上从床上起身，赶快整理衣装，小跑步地到玄关，用似哭似笑、不可思议的欢笑声迎接客人。

那是早春晚上的事。我向太太建议：又来了一组喝醉的客人，他们可能会玩到通宵，不如我们现在先吃一些东西吧！于是，我们两人就站在厨房以蒸包作为正餐。尽管太太总是给客人许多好吃的食物，但自己一人用餐时，却总是用蒸包来解决。

那个时候，会客室突然传来酒醉客人的低俗哄笑声，接着，他们用医学用语说出非常难以入耳，肮脏的事情。

“哎呀，哎呀，不能这样。我瞧不起你这样的恶劣行为。说到那位太太，你……”

一会儿，好像年轻的今井医生回答道：“你想说什么。我可不是为了爱情来这边玩的喔！这边啊！是住宿的地方……”

我愤怒地抬起头。

在黑暗的灯光下默默低着头吃蒸包的太太，此时眼睛泛起微微的泪光。我在万般怜惜之余，什么话都说不出来。太太低着头静静地说：“小梅，对不起。明早请烧好洗澡水。今井医生他喜欢早上洗澡……”

太太只在那时露出一副遗憾的表情，后来就像什么事都没发生一样，对客人热情地招待，奔走于会客室和厨房之间。

虽然我知道她的身体日渐衰弱，但因太太在招待客人时总表现着毫不疲累的样子，所以，尽管访客都是医生，却没有人发现太太的身体不适。

在一个安静的春天早晨里，由于那天早晨很幸运地没有投宿的客人，我便一个人很悠闲地在井边清洗着衣服。此时，太太突然赤着脚歪歪斜斜地走到庭院里，她蹲在开有山吹花的篱笆旁吐了许多血。我惊慌地大叫，赶紧跑了过去，从后面抱着太太，扛着她回房间，让她安静地休息。接着，我哭着对太太说："就是因为这样，我很讨厌客人。居然会变成这样，亏那些客人还是医生，如果不能恢复到过去的身体的话，我是不会原谅他们的！"

"不可以喔！如果把这件事告诉客人，他们会觉得自己有责任而感到难过。"

"可是身体变得这么差，太太之后要怎么办？还是要起来招待客人？在杂睡中吐血的话，会很奇怪的喔！"

太太闭着眼睛想了一会儿说："我要回娘家一趟。小梅，请你留下来帮助客人留宿。那些人都是一些工作到很晚，没有家的人。还有，不要告诉他们我生病的事。"太太温柔地微笑着。

趁客人还没来，那天我开始着手整理行李，后来觉得自己应该要陪太太回娘家福岛，因此买了两张票，等到第三天，太太气色变得较好，又没有访客时，我便催促着太太赶快走。等我们关好雨窗、锁好门、步出玄关时，天啊！笹岛医生大白天就醉醺醺地让两个像是护士的年轻女孩给抬过来。

“哎呀，你们是要外出吗？”

“没有，没关系。小梅，麻烦你打开会客室的雨窗。请进，医生，请上来。”

太太又发出似哭似笑的奇怪声音向年轻的女孩们打招呼，然后像只团团转的老鼠开始奔走接待，并要我外出采买。当我在市场打开从太太那边急忙拿来权充钱包的旅行用背包，准备掏出钱时，惊见太太的车票已被撕成两半。一定是在玄关遇到笹岛医生时太太偷偷撕毁的，在对太太深不见底的温柔感到茫然不知所措之同时，我生平第一次感受到什么是与其他动物所不同的高贵。

我从腰带中抽出我的车票，将它撕成两半，在市场里继续寻找着该买什么好东西回去招待人家。

十二月八日

今天的日记要特别地用心写。

昭和十六年十二月八日，日本贫穷的家庭主妇是怎样度过一天呢？我要记录下来。如果过了一百年，当日本正在热烈庆祝纪元二千七百年时，在某土堆的一角发现了这本日记簿，了解在百年前的重要日子里，我们日本的主妇是这样生活，说不定会有些历史参考价值。因此，就算我文章写得很糟，还是要注意不能扯谎。不过凡事都要考虑到纪元二千七百年才能下笔，实在很辛苦，我得注意不能写些太呆板的东西。根据外子的批评，他觉得我的信件、日记里只是在陈述事实，感觉非常迟钝，几乎没有感情的东西，文章一点都不美。实际上，从幼年开始，我就很拘谨。内心虽没有那么认真，但就是不善辞令，没办法纯真地撒娇，净做些蠢事。也许是因为自己的欲望太深也说不定。总之，我得好好地反省。

说到纪元二千七百年，马上想起一些事。那些事有点愚蠢、滑稽。

前几天，外子的朋友伊马难得来家里玩，我在隔壁房间听到当时外子和他在客厅所交谈的内容，简直让我哭笑不得。

“想到在纪元二千七百年的庆典时，到底会说两千七百年，还是二千七百年，我就很忧心，非常在意。这令我感到很烦闷。可是，你却好像没那么在意。”伊马说。

“不！”外子认真地思考，“听你这么一说，我非常地在意。”

“是吗？”伊马变得非常认真。“说不定会说两千七百。我突然这么觉得。可是，说到我的希望，我还是希望能说二千七百。两千七百，实在让人很困扰。很讨厌，不是吗？又不是电话号码，实在很希望能好好地念出正确读音。真希望那时会说二千七百。”伊马以一种非常担心的语气这么说。

“不过，”外子沉重地表示了意见，“一百年之后，说不定已经没有二千七百，也没有两千七百，而是完全不同的读法。比方说俩千七百……”

我忍不住笑出来，真愚蠢。外子很认真地与客人谈论着不论何时变成这样都没关系。与平常感性的他，简直完全不同。我的丈夫是靠写小说维生，由于不太积极，收入很令人担心，这就是我平常的生活。我一直都没看过外子写的小说，所以没办法想象他会写什么东西，好像写得不太好的样子。

唉呀，扯远了。这样东扯西扯，是无法写出可以保存到纪元二千七百年的好记录的。从头来过……

十二月八日。早上，还在被褥里匆忙地准备早上的工作，喂园子（今年六月出生的女儿）喝奶时，从某处清楚传来一阵广播。

“大本营海陆总部发表。帝国海陆军于今天八日凌晨与美、英军在西太平洋进入战斗状态。”

这个广播就像光线般，强烈鲜明通过紧闭的雨窗缝，传进我黑暗的房间里。广播高声复诵两次，我在专心听取中，整个人开始发生了变化。在强烈的光线下，有种身体变得透明的感觉。又有种受到圣灵吹气，一片冰冷的花瓣飘进我胸中的感觉。日本，从今早开始，已变成一个不一样的日本了。

想到要通知邻室的外子，我叫唤“亲爱的”，他便立刻回答：“我知道了，我知道了……”语气严峻，一副很紧张的样子。

平常他都起得很晚，今早居然这么早就起床，真不可思议。听说艺术家这类人生性敏感，说不定他之前就有什么不祥的预感了。我觉得有些佩服。不过，由于他接着说了句蠢话，使得我对他的观点又大打折扣。

“西太平洋是在哪一边？是旧金山那边吗？”

我感到泄气。该怎么说呢？外子完全没有地理常识，甚至连东西南北都搞不清楚。一直到前几天，他记起南极是最热、北极是最冷的这件事，听到他这番话时，不禁怀疑外子的人格。去年他去佐渡旅行，回来谈起旅游经历时，从汽船遥望佐渡岛，他居然把佐渡岛当成满洲，真是乱七八糟。这样竟也可以读到大学，真是让我感到一片茫然。

“西太平洋是指靠近日本的太平洋吧！”

“是喔！”听我这么一说，他不太高兴地回答。

在思考了一阵子后，他又继续说道：“但这是我第一次听到‘美国在东，日本在西’这种说法，你不会觉得令人很不舒服吗？日本可是向来被誉为日出之国，称做东亚的。所以那样不对。说日本不是东亚，真让人不高兴。难道没有‘日本在东，美国在西’的说法吗？”

他说的内容全都很奇怪。外子的爱国心实在太极端了。前几天还莫名其妙得意地说：“不管那些洋鬼子有多凶猛，他们就是不敢尝这腌鲣鱼。可是我们什么洋食物都吃。”

不想再响应外子奇怪的说辞，我匆匆起身，打开雨窗。真是个好天气！不过我还是可以强烈感受到寒气。晾在屋檐下的尿布都结冰了，院子里也下着霜，山茶花冷冽地开着。好安静！可是太平洋上才刚开始作战呢，我不置信地想着。我深刻地感受到日本国土的美好。

我走到井边洗脸，接着清洗园子的尿布。洗到一半时，隔壁的太太也出来了。互道早安后，我提起了战争的事情。

“以后应该会很辛苦吧！”

隔壁太太前不久才被选为邻长，她想到我指的那件事，便回答道：

“不会，什么都不会发生。”听到她心虚地这么说，我有点不舒服。

隔壁的太太应该不会没想到战争的事，而且，身负邻长的责任重大，她一定很紧张。我开始对邻居太太感到抱歉。今后，邻长一定会很辛苦吧！因为这与演习不同，一旦有空袭时，她指挥的责任就很重要了。我说不定得背着园子到乡下避难。外子之后应该是会一个人留下来，守护家园。想到他什么都不会，真叫人担心。他大概会一点忙都帮不上。事实上，就像之前说的那样，外子连国民服是什么都弄不清楚。到那时候，一定很麻烦。他是个懒散的人，等我半声不吭地把衣服拿来，他大概会边嚷着这是什么玩意儿，边心中叹着气穿上吧！不过，衣服的尺寸太大，就算买现成的国民服来也没办法，真是困难！

外子今早七点左右起床，早饭也很早就吃完，之后随即便展开工作，这个月他好像有很多琐碎的工作。早餐的时候，我不假思索地提到：“日本真的没问题吗？”

“不就是因为没问题，所以才打的吗？一定会打赢的。”外子以不着边际的话回答。

向来外子所说的话总是谎言，完全不是真的，不过这次我愿坚信他的话会有所不同。

我在厨房一边善后，一边左思右想。也许是眼珠颜色、头发颜色的不同，激起了我同仇敌忾的心情，好想胡乱揍他们一顿。这与跟中国作战时的心情完全不同，我只要一想到这些像野兽般感觉迟钝的美国军队果真徘徊在这亲切、美丽的日本土地上，我就觉得非常受不了。只要踏上这神圣土地一步，你们的脚就会腐烂，因为你们没有资格这么做。日本美丽的军队啊！无论如何请务必要将他们打得落花流水。今后我们的家庭应该会物资愈来愈不足，更加困苦，不过，请不要担心，大家会平心静气，丝毫不会有厌烦的心情，也不会后悔生长在这样辛苦的局势里。生长在这样的世界，反而可以感觉到生存的价值。我很庆幸生长在这样的世界里。啊！好想跟谁谈谈战争的事，说些开战了，已经开始了等事情。

广播从一早就持续播放着军歌。拼命地播放，一首接着一首，播放了好多的军歌，大概是歌曲已经播尽，连《敌军几万》等这些好老好老的军歌也被播放出来。我一个人聆听着，对电台的纯真感到欣慰。

因为外子非常讨厌广播，所以家里一直没有这设备。尽管之前我并没有那么想要收音机，但是，这时候，我好想有台收音机。我想听很多很多的新闻。我要去跟外子谈谈，想要他买来。

由于会在快到中午时，陆续传来重大的新闻，我忍不住抱着园子到外面，站在邻居的枫叶树下，去听邻居的广播。奇袭登陆马来半岛、攻击香港、宣战大诏，我抱着园子流泪，真是麻烦。回到家中，我把刚刚听到的新闻全部转述给正在工作的外子。外子听完后笑着说：“是吗？”他站起来又坐下，静不下心的样子。

中午过后不久，外子像是总算完成一个工作。他拿着原稿，匆匆离家外出，要送稿到杂志社，不过看样子，应该是很晚才会回来。每次他那样像是逃难般急急忙忙出门时，一般都会很晚回家。只要不是在外过夜，回来多晚，都无所谓。

送走外子后，我烤了咸沙丁鱼干，用过简单的午餐后，我便背着园子到车站去购物。途中，我顺路拜访龟井家。外子的老家送来很多苹果，我想要拿给龟井家的小悠乃（五岁的可爱女孩），于是便包了些苹果带过去。小悠乃站在门口，一看到我，立刻啪哒啪哒地跑进玄关，呼叫着："妈妈，园子来了。"园子在我背后，朝着龟井太太、先生可爱微笑着，龟井太太一直热情地夸奖她好可爱、好可爱。龟井先生穿着运动衣，一副英勇的姿态来到玄关，听说他刚刚正在走廊下铺草席。

"匍匐在走廊下也比不上登陆敌前那样的痛苦。这样肮脏，真是抱歉。"

在走廊下铺上草席，到底是怎样的情况呢？听说一旦有空袭时，就要躲进去。让人感到不可思议。

不过，龟井太太的先生与外子并不同，他非常顾家，叫人好生羡慕。听说他以前更顾家的，也许是外子搬来附近，教他些喝酒的事后，人就有些改变。龟井太太一定很气外子吧！我感到很不好意思。

龟井家门前准备有火铃，还有个像熊掌般奇怪的东西，可是，我们家却什么都没有。只怪外子生性散漫，真是没办法。

“唉！你们真是准备充分啊！”

“是啊，因为当了邻长。”听我这么一说后，龟井先生立即洪亮地回答。

本来是副邻长，后因邻长年事以高，便暂代邻长的工作。龟井太太小声地对我修正。龟井太太的先生真是认真，跟外子简直是判若两人。我拿了些糕饼后便在玄关告辞。

接着我去了趟邮局，领取《新潮》的稿费六十五元日币，然后试着到市场看看。还是老样子，物品匮乏。这次又只能买乌贼和沙丁鱼干。乌贼两只，四十钱；沙丁鱼干，二十钱。

此时市场里又传来广播，重大消息陆续被播报出来。

突袭比岛、关岛，突袭夏威夷，美国军鉴全部被歼灭，帝国政府的声明，我浑身感到羞耻般地战颤着，好想感谢大家。我直直地站在市场广播器前，另外又有两三名女子嚷着“去听广播”，聚集到我身边。接着两三人变成四五人，最后聚集了将近十人。

我离开市场去车站的商店买外子的烟草。街坊的样子一点都没有改变，只是菜贩前贴了写有广播新闻的纸张。商店的样子以及人们的对话也跟平常并没有太大的差别，这样的肃静很让人安心。由于今天手上还剩些钱，我当时就买了一双自己的鞋子。我完全不知道这一件东西从这个月开始每三块钱日币要课二成的税，如果是上个月底买的话就好了。不过，囤积居奇的行为太可耻，我不喜欢。鞋子六元六十钱，其他东西，奶油三十五钱，信封三十一钱。买完东西后，我便回家了。

回到家不久，早大的佐藤来访，说决定毕业后要立刻入营，不巧，外子不在家，真是不好意思。“请保重。”我打从心底向他致意。佐藤回去后不久，帝大的阿堤也来造访。听阿堤说，他在光荣毕业后，即接受了征兵检查，可惜被评为第三乙，非常遗憾。佐藤、阿堤之前都是留着长发，现在则理了漂亮的平头。唉！这些学生真是辛苦，我感慨万千。

傍晚，好久不见的今太太提着牛排来访，外子人不在，真是很不好意思。特地跑来三鹰这么里面的地方，可惜外子不在家，又得这样回去。回途中，人家不知道会有多生气？一这么想，心情就变得很阴郁。

准备晚餐时，隔壁的太太来访，说十二月的清酒补给券下来了，可是一邻九户人家，却只有六张一升券，她想跟我商量该如何是好。我本来想说可以用轮流的方式，但考虑到九户人家全都想要，于是我们决定六升分成九等分，要大家赶快拿着瓶子去伊势元买酒。因为我刚开始煮饭，所以没法跟去，但料理好晚餐，我背着园子往伊势元走，途中刚好迎面遇到同邻的邻居抱着一二瓶清酒，我立刻帮他们拿了一瓶清酒与大家一起回来。之后我们在邻长的玄关里开始将酒分成九等分。九个一升的瓶子排放成一列，大家仔细地目测分量，然后将酒瓶内的酒分成一样的高度。把六升分成九等分，可真是不容易。

晚报来了，很难得有四页。上面刊着大标题《帝国向美英宣战！》。里面的内容大致与今天听到的广播新闻一样。但是一个个地阅读，又有不同感动。

我独自吃完晚餐后背着园子去澡堂。啊！和园子一起泡汤是我生活中最快乐的时光。园子很喜欢泡汤，一被放进热水里，就变得很温驯。在热水中她手脚蜷曲，一直仰着头看着我，好像有些不安的样子。旁边的人好像也都觉得自己的宝宝很可爱，泡汤时，大家各自捏着自己宝宝的脸颊。园子的肚子像是用圆规画出来一样，好圆！像橡皮球一样又白又软，这里面居然藏有小小的胃、肠，真是让人觉得不可思议。肚子正中央偏下的地方，还有像梅花般的肚脐，脚啊，手啊，都好漂亮、好可爱，真像在做梦。不管穿什么衣服都比不上裸身来得可爱。我把园子从热水里抱起，帮她穿衣服时，感到非常可惜，好想再多抱抱裸身的园子。

去澡堂时路还很亮，可是回去时，外面却已经很暗了。都是因为灯火管制。可是现在又没有演习，我内心开始有点紧张。这样不会太暗吗？这么暗的路，我还未曾走过。一步步像探索般缓慢地前进，可是路途遥远，我还是迷失了方向。从独活到杉林这一段路，真是太暗太恐怖了。突然想起女校四年级时，从野泽温泉滑雪到木岛，逃离暴风雪时的恐惧。不同于当时的登山背包，现在背后的园子什么都不知道地沉睡着。

此时，背后有位男子唱着走调的《我为天皇效忠》的歌曲，急促地走来。听到他咳咳两声，我便知道他是谁。

“园子在害怕呢！”我说。

“什么话！”他大声地说，“你们就是因为没有信仰，所以在夜路上才会感到害怕。我就是有信仰，所以对我来说夜路就跟白天一样，跟上来。”然后雄赳赳地走在前方。

什么正气凛然，外子根本就是吓坏了。

谁都不知道

谁都不知道……四十一岁的安井夫人微笑地说。

那是一件可笑的事。它发生在我二十三岁的时候，已经是二十年前的事，刚好在大地震之前没多久。

那时和现在这边的牛込并没什么不同，前面的道路比较宽，我家的庭院也被征收一半作为道路。当时这边有池塘，不过后来被填平，若要说有什么改变，大概就只有这样吧！现在，从二楼的走廊，可以直接看到富士山，早晚也可以听到兵队的喇叭声。父亲在长崎担任县知事时，被召来任这边的区长，那时正是我十二岁的夏天，母亲当时还在人间。父亲出生于东京的牛込，祖父则是陆中盛冈人。

祖父年轻的时候就只身来到东京，做着横跨政商的危险工作，嗯，就像是士绅那样，但是，不管怎样后来他获得成功，中年时便在牛込买了这间屋子，准备安身立命。是真？是假？我不清楚。

很久以前，在东京车站遭受无妄之灾的原敬[①]听说是祖父的同乡，而且就辈分或政治的经历来看，祖父还算是他遥远的前辈。祖父会对原敬指点一些事情，听说原敬即使当上大臣之后，每年新年都会到牛込的这个家来拜年。不过，这并不正确。为什么呢？因为我十二岁的时候，第一次和父母回到东京这个家，祖父一直独自住在牛込，当时他已是年过八十的肮脏老人。我之前随着从事公务的父亲奔波于浦和、神户、和歌山、长崎等任职地，出生地是浦和的官舍，由于只有几次到东京家来玩的经验，所以对祖父并不熟悉。

十二岁时第一次住进这个家和祖父开始一起生活后，总觉得他像个陌生人，看起来脏脏的，而且祖父的话有很浓的东北腔，不太知道他在说什么，因此，两人也就变得越来越不亲密。我一点都不会怀念祖父。祖父当时用尽方法要让我开心，之前原敬的故事便是他在夏夜里盘坐在庭院阳台时，煞有其事地扇着团扇告诉我的。我很快地就感到无聊，打了个夸张的哈欠之后，祖父猛然斜眼瞧我，语气急速改变：“原敬的事不有趣，好，再来是牛込的七件不可思议的事。”他尖声说道。什么嘛，狡猾的老人。原敬的故事，根本就是假的。之后向父亲询问这件事，只见父亲微微一笑，摸着我的头温柔地说：“说不定他有来过这家一次，爷爷是不会说谎的。”

---

① 于寺内内阁后的大正七年，以政友会的总裁之姿组织政党内阁，成为首位非贵族的首相。后来于东京车站被暗杀。

祖父在我十六岁的时候就去世了。虽然他是个我不喜欢的老人，但丧礼那天，我还是哭得很伤心。也许是因为丧礼太华丽的关系，因过于兴奋而哭泣。丧礼的隔天去上学，老师们全都向我致哀，在那时又哭了出来，受到朋友们意外地同情，我更感到惶恐不安。我是徒步至市谷的女子学校通学的，那时候，我像个小女王，幸福地不得了。我在父亲四十岁担任浦合的学务部长时出生，由于就只有我这么一个孩子，所以父亲、母亲，还有周围的人，都非常爱护我。虽然那时我自认是个软弱、容易孤独的可怜孩子，不过，现在再回想，那时我实在是个任性、高傲的小孩。

进入市谷的女子学校之后，我马上就和芹川成为朋友，尽管当时一心想要和芹川友好客气地来往，但说不定旁人会觉得我太过自负，明明觉得麻烦，却还故作亲切的态度。由于芹川总是相当柔顺地听从我说的话，后来我们便演变成一种类似主人和侍者的关系。芹川的家正好与我家相对。知道吗？有一家名叫华月堂的点心店，嗯，到现在生意都很好，说到最好的馅，从以前开始，栗子馅一直就是店家引以为傲的产品。现在那店已换了继承人，由芹川的哥哥负责，从早到晚努力地工作着。老板娘也是认真的工作者，总是坐在店里等着订购电话，迅速地交代伙计事情。

我的朋友芹川自女校毕业后第三年，就找到好人家嫁了过去。现在好像住在什么朝鲜的京城里。我们已将近二十年没有见面。芹川的先生是三田义塾出身，长得一表人才，听说目前在朝鲜的京城经营一家很大的报社。芹川和我在离开女校后还继续往来，不过，虽然说是往来，但我却没到芹川她家去玩过，都是芹川她来我家，谈的话题也大多都是关于小说。芹川在学校时就很喜欢读漱石、卢花的作品，作文总是高人一等，非常拿手。我在这方面却完全不行，一点兴趣也没有。

然而，在离开学校后，百般无聊之下，我便试着向芹川借读她每次所带来的小说，阅读之中，我倒也逐渐了解到一些小说的趣味。不过，我觉得有趣的书，芹川并不觉得好，而芹川觉得好的书，我也看不太懂。我喜欢鸥外的历史小说，但芹川却笑我是老古板，她告诉我，有岛武郎比鸥外更有深度。她曾带两三本有岛武郎的书给我，我试着去读过，但一点都看不懂。现在再读，说不定会有不同的感受，不过就算有岛多么好、评价多么高，我还是不觉得有趣。我大概是个粗俗的人。那时的新进作家，有武者小路、志贺，还有谷崎润一郎、菊池宽、芥川等很多人，其中我最喜欢志贺直哉和菊池宽的短篇小说。因为这样，我还被芹川笑说思想贫乏。我对理论性的作品是完全不行。每次芹川来时都会带些新发行的杂志、小说，并且告诉我许许多多的小说故事及作家们的流言。她表现得非常热衷，让我觉得很可笑。

有一天我终于发现芹川热衷的原因。说到女性的朋友，如果变得有些熟，就会马上给人家看相簿。有一天，芹川拿来一本很大的相簿给我看，我边听边响应芹川啰唆的说明，一张张地看下去，里面有一张照片是个非常俊秀的学生拿本书站在蔷薇花园前，我不假思索地说："啊，好漂亮的人呀！"不知为何，脸开始发热起来。芹川一边说"讨厌！"一边立刻从我这边把相簿抢回去。我喘了口气："好啦，我已经看到了！"听我定下心来这么一说，芹川马上高兴地笑出来，开始一个人很快地说："知道了吗？你不粗心嘛！真的？一看就知道了吗？这从女校的时候就开始了，你知道了吗？"尽管我什么都不知道，但她还是对我全盘托出。真是个纯真无瑕的人。

这张照片里的学生和芹川是在某个投稿杂志的读者通信栏里认识的。现在还有这类东西吧？他们在通信栏里交换意见，总之，就是互相产生共鸣。虽然身为俗人的我不太了解，但听芹川说他们是从那边开始认识，之后逐渐变成直接通信。从女校毕业后，芹川便很快就陷进去，两个人好像已私订终生。对方是横滨船公司的次男，是庆应的秀才，以后应该会变成有名的作家。我从芹川那边听到很多的事，觉得非常可怕，甚至有肮脏的感觉。

另一方面，我又对芹川感到嫉妒，胸口整个在纠结、悸动。我故作镇定地说："这是好事，芹川你要好好地珍惜。"就在此时，芹川突然敏感地发起怒来："你好坏啊！口蜜腹剑，你总是冷冷地轻蔑我。"芹川激烈地斥责我。"对不起，我没有轻蔑你啊！长得冷漠是我的缺陷，害我总是让人误解。其实我是对你们的事感到很害怕呢，因为对方实在太俊秀了。也许是我在羡慕你也说不定呢！"听我这么一五一十地陈述之后，芹川马上又恢复好心情："是这样的，我只有跟哥哥提起这件事，哥哥也跟你说了一样的话，他彻底反对。他要我找个更普通的一般人结婚。哥哥本来就是个彻底的现实主义者，他会这么说也没错。不过，我没把哥哥的反对放在心上。明年春，他从学校毕业后，我们两人就可以好好地在一起了。"芹川可爱地耸着两肩，意志坚定地说。我勉强笑着，只是点头。那个人的纯真实在非常美丽，我羡慕地想，觉得自己古板粗俗的气质真是丑陋至极。

在这样的告白后，芹川和我之间就不再像以前那样亲密。女孩子是很奇怪的东西，之中若有一个男人介入，不管之前的交情怎么地亲密，还是会突然变得张牙舞爪，就像冷漠的陌生人一样。虽然我们之间没有变得那么恶劣，但是两个人都变得很拘谨，连招呼也显得客气，交谈也变得很少，就像普通的朋友一样。两个人都避谈关于那张相片的事情。然后一年过去了，我和芹川一起迎接二十三岁的春天。

那事正好发生在该年的三月末。晚上十点的时候，我和母亲二人在房间一起缝制父亲的单衣，此时，女管家悄悄打开窗户，向我招手。

"我？"用眼神询问，只见女管家认真地轻轻点了二三次头。

"什么事？"母亲将眼镜移上额头，向女管家问道。

女管家轻轻地咳了一声说："那个，芹川小姐的哥哥要找小姐。"像难以启齿般，她又咳了两三声。我立刻站起身跑到走廊。我大概知道是什么事了。芹川一定发生了什么事，一定是这样的。我这么想之后，便往会客室走去。

“不对，是厨房这边。”女管家低声地说，她像是在为某些大事而感到万分紧张，微微地弯着腰，踱着小碎步在前头匆匆地跑着。芹川的哥哥微笑地站在黑暗的厨房口。

以前读女校的时候，每天早上、傍晚我都会跟芹川的哥哥打招呼，他总是在店里和伙计们忙碌地站着工作。离开女校之后，哥哥每周都会送订购的糕点到我家，而我也总是会对他随口叫着哥哥、哥哥。不过，他从未在这么晚的时候来到我家，而且还是特地偷偷地来找我。一定是芹川的那件事爆发了，我焦急地想。

“这一阵子都没看到芹川呢！”在被问之前，我先开了口。

“小姐已经知道了？”瞬间哥哥的脸变得很奇怪。

“不知道！”

“是啊！那家伙不见了。真是个笨蛋，搞不清楚文学与现实。小姐之前就听说过这件事了吧？”

“是的，那件事……”不知道该怎么启齿，“我知道。”

“她逃走了。我大概知道她人在哪里，那家伙这阵子什么都没跟小姐说吗？”

“嗯，这阵子她对我非常冷淡。不过，现在应该怎么办？还没找到吗？真是太令人担心……”

“唉，谢谢。不能待在这边了，得赶快去找她。”哥哥穿好外套，拿起背包。

“知道她在哪里吗？”

“嗯，我知道。我要把那两个人狠狠揍一顿，再让他们在一起。”哥哥说完，毫不在意地笑了笑便回去了。我站在厨房口，茫然地目送着他。

之后回到屋里，我装作没注意到母亲询问的表情，静静地坐下，继续在缝了一半的袖子上绣了两三针。接着，我悄悄起身，步出走廊，踱着碎步急急地跑啊跑，跑到厨房口，穿上木屐后，不顾形象地奔跑。那究竟是怎样的心情？我到现在还是不明白。

只是那时有一种觉悟，想要追上哥哥，至死都不离开。并不是为了芹川的事情，只是想再见哥哥一面，怎样都无所谓。只要能和哥哥两人，到哪里都可以。就这样带我逃走，请占有我。我独自思念着，在那天晚上，突然燃烧起来，我像只狗般地在一条条黑暗的小路上沉默地奔跑，常常一失足就跌个踉跄。我紧抓着胸前的衣服，继续沉默地奔跑，泪水涌出眼眶，现在一想，那就像是在地狱底下的感觉。等我到达市谷附近的电车站时，几乎无法呼吸。感到身体痛苦，眼前也一片漆黑，仿佛快要昏厥。

电车站里一个人影也没有，只有一班电车刚通过的痕迹。我使出全力，放声大叫“哥哥”作为我最后一个心愿。

之后，我两手交叉放在胸前走路回家。途中，我边整理仪容边回到家，静静地打开房间窗户，母亲好奇地看着我的脸问：“是发生什么事了吗？”“嗯，听说芹川不见了。真是糟糕。”我若无其事地回答，继续开始缝纫。虽然母亲好像还想再继续问我什么，不过最后她还是一副若有所思的样子继续沉默地缝纫。事情就是这样。

关于芹川，之前已经提过了，她后来幸运地跟一位三田的人结婚，现在好像住在朝鲜。我也在来年嫁给了现在的丈夫。与芹川的哥哥，之后也有碰面，不过并没有什么特别的事发生。现在他是华月堂的负责人，有位漂亮的小妻子，生意繁荣。当然，之后他还是继续每周送来外子所订购的糕点。他什么都不知道。那天晚上大概是边缝衣服边打瞌睡做梦吧！可是梦境却又这般地真实。你能明白吗？很像谎言的故事，但它一直都以一个秘密深藏在我心。连身为女儿的你，都马上要升上女校三年级了呢！

雪夜的故事

那天一早就下起了雪。

由于之前替小鹤（侄女）制作的裤裙已经完成，那天放学时，我便将它带到中野的叔母家去。我从叔母那儿拿了两片鱿鱼干当礼物，等我到吉祥寺站时，天色已变暗，积雪深达一尺以上，天空还不停地飘着细雪。我因穿着长靴，心情反而相当兴奋，故意挑些积雪很深的地方行走。

一直到家里附近的邮筒，才发现腋下夹着的鱿鱼干纸包已经不见了。虽然我是个粗枝大叶的人，但至今尚未掉过东西，一定是晚上在积雪的路上跑跑跳跳，才把东西弄掉的。我感到泄气。这种因为把鱿鱼干弄丢而垂头丧气的心情，就好比做了低劣的事感到羞耻一样。尤其，本来还打算要把它送给嫂嫂的。

我的嫂嫂今年夏天要生小宝宝喔！听她说肚里有了小宝宝之后，

常会觉得肚子饿。她应该得和肚里小宝宝一起吃两人份的东西。嫂嫂跟我不同，她的修养很好、很高贵，正因如此，她总是像“有钱人在用餐”一样，慢条斯理地吃饭，而且从不吃零食。这阵子她一肚子饿就会嚷着：好丢脸，想吃一些特别的东西。我一直无法忘记最近嫂嫂跟我一起清理晚餐残余时，小声地叹着气说：“嘴好馋，好想吃鱿鱼干。”所以那天偶然间从叔母那边拿到两片鱿鱼干后，便兴奋地想把它带回来准备偷偷拿给嫂嫂吃。可是，鱿鱼干弄丢了，真不知如何是好。

诚如各位所知，我家里有哥哥、嫂嫂和我三人。哥哥是位有些奇怪的小说家，由于年到四十还默默无闻，所以一直都很贫穷。他睡觉前和起床时总会嚷着时运不济，总啰唆地向我们抱怨他的口头禅：“专家算什么！”他只会这般振振有词，却一点也不帮忙家事，使得嫂嫂连男人粗重的工作都得做，真是非常可怜。有一天，我义愤填膺地说：“哥哥，你偶尔也应该背着背包去买菜。外面的先生大多都会这样做的喔！”

听到我这么一说，他马上生气地骂道：“混账！我又不是那样低贱的男人。好了！君子（嫂嫂的名字）你要好好地记住，我们一家就算是饿死，我也不会那样不知羞耻地出去买东西。你要有心理准备。那是我最后的骄傲！”

虽然这个体认很堂而皇之，但他究竟是为了国家而憎恨购物部队呢？还是因为自己懒惰而讨厌去买东西？我是一点也不清楚。

我的父母亲都是东京人。由于父亲长年在东北的山形办事处工作，所以哥哥和我都在山形出生。父亲在山形过世时，哥哥已经二十岁，我还在襁褓中，母亲背着我，母子三个人再度回到东京。前些年母亲去世后，现在就变成哥哥、嫂嫂及我的三人家庭。因为我们没有所谓的故乡，所以没办法像其他的家庭那样，可以托乡下送来食物。再加上哥哥是个怪人，完全不和附近的人家打交道，因此我们从来没有出乎意料地“得到”什么稀奇的东西。一想到如果将那两片鱿鱼干拿给嫂嫂，她不知道会有多高兴，我就觉得自己很差劲。舍不得那两片鱿鱼干，我当下便调头右转，慢慢地走在回来的路上仔细搜寻着。可是，一直都没发现。在白色的雪道上要找白色的纸包已经是相当困难了，再加上雪不停地下着堆积着，走回到吉祥寺车站附近，还是连一个小石头都没发现。

我叹着气，重新撑起伞，试着仰望阴暗的夜空，此时雪花就像百万只萤火虫般，狂乱地飞舞。好漂亮啊！道路两旁的树木都覆盖着雪，沉重地垂着枝头，树身仿佛在叹息般，偶有微微地抖动。这一切简直就像童话世界一样，我已经忘掉鱿鱼干的事情，内心突然有一个奇想，想把这美丽的雪景带给嫂嫂。比起鱿鱼干，这说不定是更好的礼物，老是局限在食物上也不太好，实在很令人感到难为情。

哥哥告诉过我，人的眼睛可以储存风景。盯着灯泡看一会儿，然后闭上眼睛，就会在眼皮底下看到栩栩如生的灯泡，这就是证据。以前在丹麦也曾发生过这样的事情，哥哥曾告诉我这么个短短的浪漫故事。虽然哥哥的话总是胡说八道，一点也不真实，但只有对那件事，我倒觉得就算是哥哥编造出来的假话，倒也是美丽的故事。

以前，丹麦有位医生在解剖船难失事的年轻水手尸体时，用显微镜察看他的眼球，发现眼睛的网膜中竟然反射出一家团圆的美丽景象。医生把这件事告诉小说家朋友，小说家在惊讶之余对这件不可思议的事做了下面这样的解说："那年轻的水手因船难而卷进怒涛里，之后又被打上岸，他拼命地紧紧抓住灯塔的窗边，想要大叫救命。猛然间窥见窗户，发现灯塔看守员一家人正在忙着准备开始快乐的晚餐。'啊啊！不可以！'想到自己凄惨地大叫救命会打扰到这一家人的团聚，他攀爬在窗沿的手指力量便开始变得薄弱，就在这时唰地一阵大浪袭来，水手的身体又被海浪给冲走了。"应该是这样，这水手是世上最善良且最高贵的人。听他这样解释，医生也表赞成。于是两人就隆重地将水手的尸体埋葬。

我愿意相信这故事。即使是科学上所不可能发生的事，我还是愿意相信。在那下雪的夜里，我突然想到这故事，决定试着在眼睛底下留下美丽的雪景，把它带回家，告诉嫂嫂："嫂嫂，请看我的眼睛。这样肚里的宝宝会变漂亮喔！"

以前，嫂嫂曾经笑着拜托哥哥：“请帮我在房间墙壁上贴上美人的图案。我每天看着这样的图画，就会生出漂亮的宝宝。”

哥哥那时也认真地点头说：“唔……是胎教吗？那很重要。”

于是，哥哥把孙次郎娇艳的能剧照片和雪小面那悲情的能剧照片并排地贴在墙壁上，然后又在两张能剧照片中间牢牢地贴上自己满面愁容的照片，真让人受不了。

“拜托，请把你的照片拿下来。看到那个，我的胸口会不舒服。”温驯的嫂嫂果然也无法忍受，像是恳求般地拜托哥哥无论如何一定要把那张照片拿下来。看着哥哥的照片，一定会生出像猿面冠者的宝宝。哥哥露出一脸不可思议的表情，恐怕他还觉得自己是美男子呢！真是一个笨蛋！嫂嫂现在为了肚里的宝宝，真的很想一直看到世上最美丽的东西。如果我把今天这雪景存在我的眼睛底下，然后带给嫂嫂看的话，比起鱿鱼干这样的礼物，嫂嫂应该会更高兴好几倍、好几十倍。

我放弃鱿鱼干，在回家的路上，尽可能地眺望周围美丽的雪景。不只是眼珠底下，一直到胸口，都藏有纯白的美丽景色。回到家，马上对嫂嫂说：“嫂嫂，快看我的眼睛。我的眼睛底下藏有最漂亮的景色喔！”

“什么？怎么了？”嫂嫂笑着站在我面前，把手放在我的肩上。

“眼睛到底怎么了？”

“哥哥曾告诉过我。在人的眼睛底下，会残留刚刚所看到的景象。”

“爸爸的话别放在心上，都是骗人的。”

“不过，只有那事是真的喔！我只相信那个。快、快看我的眼睛。我看了很多很多美丽的雪景回来。快、快看我的眼睛，这样一定会生出有着雪般美丽肌肤的小宝宝喔！”

“喂！”

就在这时候，哥哥从隔壁六叠大的房间出来：“与其看顺子那双单调的眼睛，看我的说不定还会有百倍的效果！”

“为什么？为什么？”我突然很憎恶哥哥，好想揍他。

“嫂嫂说过看到哥哥的眼睛，胸口会不舒服。”

“才没那回事。我的眼睛可是看了二十年美丽的雪景。我在山形一直住到二十岁。顺子还没懂事时就来到东京，根本就不知道山形美丽的雪景，才看了东京这样的小雪景就激动起来，真是无聊。我的眼睛可是看了百倍、千倍甚至连自己都觉得看腻的美丽雪景，说什么都会比顺子来得更上等。”

我懊恼地想要哭泣。此时，嫂嫂救了我，微笑静静地说：“但是，爸爸的眼睛里除了有几百倍、几千倍的美丽风景，同时也有几百倍、几千倍肮脏的东西啊！”

“对啊！对啊！比起优点，缺点也很多呢！所以眼睛才会变得那么浑浊，好恶心。”

“这么神气，真讨厌！”哥哥顿时感到生气，又钻回隔壁六叠大的房间去了。

樱桃

我，要向上举目。

——《诗篇》第一百二十一篇。

父母比子女更重要，我很想这么认为。

尽管试着灌输给自己什么“为了子女好，千万别溺爱”等等类似传统道德家的观念，但与子女相比，身为父母的人总是处于弱势的地位。在我们家多多少少也会有这样的情形。虽然我没有一丝等自己老了以后就让子女们照料这般厚颜无耻的企图，但我这位父亲，在这个家里却总是看着子女们的脸色。

虽说是子女，但我们家的孩子仍然十分幼小，长女七岁，长男四岁，次女一岁。不过，他们都各自把父母踩在脚下，看起来父母宛如孩子们的用人一般。

夏天，全家聚在三叠大的空间里吵吵闹闹，混乱地吃着晚餐，父亲则用手巾胡乱地擦着脸上的汗珠。

“柳多留（近代的川柳集）里有云：‘吃饭冒大汗，下流也。’但孩子们吵成这样，就算父亲再优雅高贵，也是会汗流浃背的。”我一个人喃喃地地语带不平。

孩子的妈妈一面让一岁的次女喝奶，还要帮孩子的爹、长女和长男们弄饭菜，擦拾捡着孩子们弄翻的菜屑，帮孩子们拧鼻涕，三头六臂地做着惊人的工作道：“我看你这孩子的爹汗流最多的是在鼻子上吧！老是忙碌地擦着鼻子。”

孩子的爹笑道：“那你又是哪儿？大腿内侧？”

“好个上流的父亲！”

“不不，告诉你，这话可是有医学根据的，与什么上流、下流无关。”

“我啊！”孩子的妈略略正色道，“这乳房与乳房之间……是泪之谷……”

泪之谷。

孩子的爹沉默不语，继续吃着饭。

我在家里老是爱说笑。

这么说好了，基于心中有许多“想烦而不好明着烦”的事，我不得不装得“表面上很快乐”。不，不只是在家里，就连与人相处时，就算心里再难过，身体再痛苦，我也会拼了老命地营造出快乐的气氛。然后与客人分手后，一个人疲惫地脚带踉跄，心里头想着钱、道德与自杀。

不，不只是与人应对，就连写小说时也一样，悲伤时反而会努力地创作出轻松快乐的故事。本来只是打算带给人简单的欢乐，但人们却没有发现这一点，连那个叫太宰的作家都以世道炎凉，只是用笑点骗取读者，内容简单通俗云云轻蔑着我。

人为人服务是件坏事吗？装腔作势，严肃正经就是件好事吗？

总之，我受不了认真过头、扫兴无聊的事。

在家里，我不断地说着笑话，带着如履薄冰的心情开着玩笑，背叛一部分读者与评论家的想象，我房间的地板亮丽如新，桌上整理得整整齐齐，夫妻间相敬如宾，不但没有什么丈夫揍老婆的事，就连“你给我滚出去！”“我要离家出走！”的激烈口角都没有发生过，而且父母不落人后地疼爱着孩子，孩子们和父母也不会生疏，活泼得很。

但，这是表面。孩子的妈敞开胸便是泪之谷，孩子的爹则盗汗盗得越来越严重。夫妻间虽然明白对方的痛苦，但却努力不去触碰，孩子的爹开开玩笑，孩子的妈也会微笑以对。

可是就在此时，听到孩子的妈说“泪之谷”，孩子的爹沉默下来了，尽管心里头想着要说些笑话，却一时间不知该说些什么好，继续沉默着，就这样，不融洽的气氛渐渐累积，连平时疯癫成性的孩子的爹都认真了起来。

“去雇个人好了。想要解决就非这么做不可。”

为了不让孩子的妈觉难过，孩子的爹一个人战战兢兢地喃喃自语。

孩子有三个。孩子的爹完全不会做家事，连坐垫都不会自己收，只会说着傻瓜似的笑话。什么配给、注册，连这些事也完全不懂。完完全全就像是住旅馆过夜而已。作客。招待。也曾把便当带到工作室一个礼拜不回来。虽然老是忙着工作，但一天也不过只能完成两三张稿纸罢了，其余的时间，就是喝酒。喝过了头，就会躺上一整天骤然消瘦。此外，好像四处都有红粉知己的样子。

孩子……七岁的长女和今年春天出生的次女虽然都易感冒，但和普通人没两样。倒是四岁的长男，瘦巴巴连站都还不行。说起话来咿咿呀呀，连个完整的字都说不出来，也听不懂人们所说的话，连自己走去上大小便都学不来。虽然饭吃得多，却总是瘦瘦小小的，头发也稀稀疏疏的，一点都没有长大。

不论是孩子的爹还是孩子的妈，都避免深入谈及长男的事。因为仅仅是从嘴里说出白痴、哑巴等这些字眼，两人肯定都会陷入悲惨之中。孩子的妈常常紧抱着儿子，孩子的爹则偶尔会想要抱着儿子投江自尽。

“动手杀死哑巴次男。某日午后，在某区某町某号某商的某某先生（53岁）在自家六叠大的客厅，当头一棒击毙次男某某（18岁），自己则以剪刀自缢未遂，已住进附近医院了，但情况危急。家中最近招得一位女婿，因次男既哑又痴呆，唯恐儿子会坏了次女夫妻间的感情，爱女心切因而动手杀死次男。”连这种新闻报道都会让我拿着酒猛灌。

哎呀！只不过是发育得慢了点嘛！长男很快就会急速成长，然后回头嘲笑我们担心过度呢！夫妻俩没对任何亲朋好友说，心中暗自挂念着，表面上则什么事也没发生似地一笑置之。

孩子的妈用尽心力地努力活着，孩子的爹也是认真又拼命。

原本就不是什么产量丰厚的小说家。我是个极端小心翼翼的人，要被拉到大众面前时才会发慌的拼命写，写不下去便会从酒精中寻求救赎。喝酒这种事不能说是出于我本意，我是带着埋怨去喝酒。总是可以清楚表达自己想法的人，根本不会喝什么酒。（女人里就很少有人酗酒成性就是因为这个原因。）

我从未在与人争辩中胜过，必输无疑。被击溃在对方信念之强与自我肯定的可怕下，我会沉默不语。但仔细想想，我也会渐渐发现对方也真是一厢情愿，不是只有自己才有错。然而，一想到才刚在口头争论上输过，便又要开始吵吵闹闹地争执，心里便觉得阴森森的，对我来说，口头争执就像出手打架一样，会永远留有不快的憎恶，因此，就算怒气冲冲，我也会面带笑容、默不作声，然后脑里闪过千头万绪，一不小心就喝起酒来。

说得明白点吧！拉拉杂杂写了一堆东西，实际上，这是一部讨论夫妻间争执的小说。

“泪之谷！”

这是个导火线。这对夫妻正如先前已然叙述过的，什么打架，就连恶言相向都不曾有过，相当成熟懂事的一对。但这样仍有一触即发的危险，让人不寒而栗。

两人就像无言地巩固对方不好的证据般地危险。就像一张牌突然出现后就消失，然后又是一张牌突然出现又消失，等到全部翻完，所有的牌又会倏地集合在一起、全部映入眼前般地危险。这可说是让夫妻两人相敬如宾的原因。对妻子来说，丈夫是个愈拍灰尘愈多、真面目会愈丑陋的男人。

“泪之谷！”

听到这句话，丈夫变得阴郁，但不喜欢争论。只是沉默不语。虽然你对我有一部分的看法没错，但哭的不只有你一人啊！我可是一点也不输给你，深深担忧着孩子的事。我把自己的家庭放在第一位。

孩子在夜里咳嗽一声，都会让我忍不住从睡梦中醒来。我也很想搬到好一点的地方，让你和孩子们高兴一下，但对我来说却总是心有余而力不足。我已经尽力了。我不是什么残暴的怪物，没有那种对妻子坐视不管还能平心静气的胸怀。配给与注册的事，我不是不了解，只是没时间去了解。孩子的爹在心中喃喃自语，但却没有说出来的自信，且若说了什么遭孩子的妈反驳，更会变得大气都不敢吭上一声。

“去雇个什么人来吧！”孩子的爹一个人自顾自地主张着。

孩子的妈到底是个不多话的人。不过只要一开口，便带着冷静的自信。（不只是孩子的妈，不论是哪个女人都是这样。）

“不过又没有人会来。”

“找找就一定会有的啦。不是没有人要来，是没有人要来当箭靶吧！”

“你是说我很不会使唤人啰？”

“没这回事……”孩子的爹复又沉默下来。老实说真的这么想，但却默不作声。

唉！去找个人雇好了。孩子的妈一背着幺女出门办事，孩子的爹就非得照顾剩下两个孩子不可。而且每天还会有十个人左右会登门拜访。

“我想到工作室去。”

“你说等一下吗？”

“对，有个稿子我一定要在今晚赶出来才行。”这没说谎，但其中也带有几分想逃离家中阴霾气氛的心情。

“我今晚想到我妹那儿去。”

这点我也知道。她妹妹生了重病，若是妻子前去探病，那我就得顾孩子了。

“所以去雇个人啊……”

我话说到一半便停了。只要与妻子提到一点点，两人便会百感交集。

活着好辛苦。

被四面八方的铁链捆绑着，稍稍一动便会破皮流血。

我默默地站了起来，从客厅桌子的抽屉里取出放着稿费的信封，一把塞进和服袖子里，然后把稿纸和字典包在黑布巾里，空无一物似地轻轻走出门。

已经无心工作了，脑中想的全是自杀的事。我直接前往饮酒的地方。

“欢迎光临。”

“喝一杯吧！今天怎么又穿这么华丽的花纹……”

“不难看吧？我本来以为你会喜欢这花纹的。”

“今天和我老婆吵架，心情糟得不得了，喝一杯吧！今天不回去！绝不回去。”

父母比子女更重要，我很想这么认为。但与子女相比，身为父母的总是处于弱势的地位。

一盘樱桃送了上来。

在我家不会让孩子们吃这么奢侈的东西，孩子们可能连樱桃都没看过吧！若是让他们吃，他们一定会很高兴吧！若是我把樱桃带回去给他们，他们一定会很欢喜！若是用线穿起来挂在脖子上，樱桃看起来会像珊瑚项链一样！

但是，我这个孩子的爹却像是极端难吃似的吃着这一大盘樱桃，吃着吃着把籽吐出来，又吃着吃着把籽吐出来，然后又是吃着吃着把籽吐出来，心里虚弱地叨念着：父母比子女更重要。

附录

太宰治生平年谱

一九〇九年（明治四十二年）

本名为津岛修治。六月十九日出生于青森县北津郡金木村。

津岛家是津轻首屈一指的大地主、大富豪。父亲津岛原右卫门曾任众议院议员，后被选为贵族院议员，算是贵族阶级，同时经营银行与铁路，母亲体弱多病，所以自小他是在姑母及保姆的照顾下长大。家中本有六男，二位兄长夭折，只剩文治、英治、圭治三个哥哥以及四个姐姐，家中兄弟排行第六，三年后弟礼治出生。

一九一六年（大正五年）七岁

进入市立金木普通小学就读。成绩突出。

一九二一年（大正十一年）十三岁

以第一名的成绩从小学毕业，至离家有二公里远的明治高等小学就读。

一九二三年（大正十二年）十四岁

三月，身为贵族院议员的父亲去世，享年五十三岁。四月，进入青森县立青森中学就读，寄宿于该市寺町的远亲丰田家。

中学时于校友会志中发表作品，与阿部合成、中村贞次郎等友人编制同人杂志写小说、杂文及戏剧，对泉镜花、芥川龙之介的文学相当倾倒。

一九二七年（昭和二年）十八岁

进入弘前高等学校文科甲组（英语）就读，寄宿于远亲藤田家。

芥川的自杀对太宰治的冲击很大。不久认识青森市滨町玉家方艺伎红子（小山初代）。

一九二八年（昭和三年）十九岁

创刊编辑同人志《文艺细胞》，以焉岛众二的笔名发表《无间奈落》。思想上渐受马克思主义的影响，也因对自己出身感到苦恼而有服安眠药自杀的意图。

一九三〇年（昭和五年）二十一岁

进入东京帝国大学法文科就读，住宿在户冢取访町常盘馆。

与井伏鳟二会面，奉为终身之师。参与共产党运动，几乎没有上课。六月，三兄圭治去世。结识银座酒吧女田边，相约在镰仓腰越町海岸殉情。以致田边死亡，因协助自杀而遭起诉，此事是太宰治终生难忘的罪恶意识，心境凝聚在《道化之华》和《虚构之春》中。后来小山初代来东京，互定终身后暂时回乡，后遭分家除籍，靠小山家资助。

一九三一年（昭和六年）二十二岁

二月与小山初代同居，号朱麟堂，沉迷于俳句之中。

一九三二年（昭和七年）二十三岁

因为对左翼非法运动绝望，现在的投入仅为寻求自我毁灭之道，后来向青森警察署自首，正式放弃非法运动，并回帝大重修，倾心于写作之中。

一九三三年（昭和八年）二十四岁

开始用太宰治这个笔名。频繁出入井伏鳟二家，结识伊马鹈平（春部）、中村地平、小山佑士、檀一雄等人。

一九三四年（昭和九年）二十五岁

借井伏鳟二之名，于《文艺春秋》中推出《洋之介的气焰》。十二月，与津村信夫、中原中也、山岸外史、今官一、伊马鹈平、木山捷平等人共同成立同人杂志《青花》，发表《浪漫主义》。

一九三五年（昭和一〇年）二十六岁

二月于发表《逆行》。三月参加东京都新闻社的求职测验落选后，企图于镰仓山上吊自杀，并自帝大辍学，发表《道化之华》。四月罹患盲肠炎并发腹膜炎，疗养身体至夏天。七月移居千叶县船桥町，药物中毒。八月《逆行》入围第一回芥川奖，并开始和田中英光通信。

一九三六年（昭和十一年）二十七岁

为了治疗药物中毒，进入芝济生会医院接受治疗，四月于《文艺杂志》发表《阴火》，五月于《若草》发表《关于雌性》，六月第一部创作集《晚年》出版。期待已久的第三回芥川赏落选，心情备受打击。后来，接受井伏鳟二的建议，进入江古田武藏野医院治病，一个月后出院，撰写《二十世纪旗手》和《*HUMAN LOST*》。

一九三七年（昭和十二年）二十八岁

三月与初代至水上温泉，企图吃安眠药自杀，但未成功。回东京后与初代离别。发表《虚构的彷徨》和《灯笼》。

一九三八年（昭和十三年）二十九岁

九月发表《姥舍》和《满愿》，十一月移居至甲府市西坚町，发表多篇随笔。

一九三九年（昭和十四年）三〇岁

一月在井伏鳟二夫妻撮合下，与石原美知子举行结婚典礼，于甲府市御崎町筑新居。

三月于《文学界》发表《女生徒》，因《女生徒》而获北村透谷奖。

一九四〇年（昭和十五年）三十一岁

确定了新进作家的地位，发表的作品增加。

亦开始连载《女的决斗》《俗天使》《鸥》《哥哥们》《老海德堡》等作品。创作集的单行本《皮肤与心》《回忆》于前半年发行。《越级控诉》《快跑！梅乐斯》发表后更是被誉为名作。受邀演讲的机会增多，于东京商大以《近代之病》为题发表演说，亦于新潟高校演说。

一九四一年（昭和十六年）三十二岁

以《东京八景》为首，承袭前年，继续有丰富作品面世。长篇《新哈姆雷特》《千代女》、限定版《越级控诉》等分别发行。

六月长女园子诞生，经由北芳四郎的鼓励，探访十年不见的乡里金木町的老家。

一九四二年（昭和十七年）三十三岁

九月发表《花火》，遭到全文删除。（《花火》后来改名为《日的料理》）十月收到母亲病重的通知，与美知子和园子返回老家，十二月母亲去世。

一九四三年（昭和十八年）三十四岁

为了亡母三十五天的法事，与妻子结伴返乡。完成长篇《右大臣实朝》。

一九四四年（昭和十九年）三十五岁

发表《裸川》（新解诸国故事）、《佳日》。东宝电影公司将《佳日》一书拍成电影。

受中央情报局与文学报国会将“大东亚五大宣言”予以小说化之托，研究鲁迅。为写小山书店的《新风土记丛书》中的《津轻》，五月十二日由东京出发，到六月五日回东京，探访津轻并于七月完成。八月，长男正树诞生。为出版《云雀之声》等事宜与小山书店洽谈，即将出版之际，工厂却遭到空袭，一切化为乌有。十二月二十日，为调查鲁迅于仙台的事迹赴仙台。同年，小山初代于青岛去世。

一九四五年（昭和二〇年）三十六岁

二月完成鲁迅传记《惜别》，由朝日新闻社发行。

三月在空袭警报下执笔写《御伽草纸》。三月底妻子至甲府娘家避难，轰炸之后家被毁损。暂时至龟井胜一郎的家中避难，将小山清留下，前往妻子的避难地，将书籍与其他行李移至市外千代田村，七月甲府遭炸弹攻击后家全毁，后与妻子经过东京返回老家津轻。

一九四六年（昭和二十一年）三十七岁

开始了战后的活跃。发表了多部作品，期间举行战后最初的众议院选举，长兄文治当选。五月，芥川比吕志为《新哈姆雷特》于思想座上演的许可登门造访。七月，祖母去世（享年九十岁）。《冬季的花火》预定由新生新派于东剧上演，后遭麦克·阿瑟禁演。

一九四七年（昭和二十二年）三十八岁

送别昔日同居的小山清去北海道夕张炭坑。二月，去田中英光的别居，伊豆三津滨旅行，于安田屋旅馆停留到三月上旬，完成《斜阳》的一、二章。三月底，次女里子出生。同年春，结识二十八岁的山崎富荣。六月底完成《斜阳》，十月于发表《阿三》和随笔《话说我的这半生》。十一月，太田静子生一女，取名为治子。

一九四八年（昭和二十三年）三十九岁

再一次以《如是我闻》震惊文坛，并着手写《人间失格》，其后完成一部分《第二手札》。

此时随着肺结核恶化，身体已极度虚弱，时常吐血。六月十三日深夜，与山崎富荣一齐在玉川上水投水自尽，在三十九岁生日当天找到遗体。二十一日在丰岛与志雄、井伏鳟二主持下于自宅举行告别式，葬于三鹰町禅林寺。

对女人而言，每一天就是她的全部。和男人不同，她不会考虑死亡之后的事，也不会思索。只愿完成这一刻的美丽，溺爱着生活及生活的感触。

——太宰治

图书在版编目（CIP）数据

女生徒 / （日）太宰治著；李桂芳，许时嘉译. —北京：九州出版社，2017.8（2020.2重印）
ISBN 978-7-5108-5797-3

Ⅰ. ①女… Ⅱ. ①太… ②李… ③许… Ⅲ. ①短篇小说—小说集—日本—现代 Ⅳ. ①I313.45

中国版本图书馆CIP数据核字（2017）第206134号

本书译文经北京夏和璟天文化传播有限公司代理，由立村文化有限公司授权使用。

女生徒

作　　者 [日] 太宰治　著　李桂芳　许时嘉　译
出版发行 九州出版社
地　　址 北京市西城区阜外大街甲35号(100037)
发行电话 (010) 68992190/3/5/6
网　　址 www.jiuzhoupress.com
电子信箱 jiuzhou@jiuzhoupress.com
印　　刷 三河市中晟雅豪印务有限公司
开　　本 880毫米×1230毫米　32开
印　　张 7
字　　数 200千字
版　　次 2017年9月第1版
印　　次 2020年2月第7次印刷
书　　号 ISBN 978-7-5108-5797-3
定　　价 38.00元
